THE LOST BOY

THOMAS WOLFE

落失男孩

目次

006 導讀｜卡利班的醜壞純情　葉佳怡

018 PART I

086 PART II

110 PART III

138 PART IV

180 賞析｜記得在乎，他才能一直存在　郭正偉

188 附錄｜沃爾夫年表

導讀

卡利班的醜壞純情

小說家 葉佳怡

湯瑪斯·沃爾夫是三十八歲就因病過世的天才。福克納曾稱他為同輩中最有天分的作家。但天才不是穩當的稱呼，天才是面向未來的期待，正因如此，早夭的沃爾夫永遠是顆新星，無法真正和費茲傑羅與海明威齊名。就連《天才柏金斯》電影原名明明只是《Genius》，內容也是編輯柏金斯與作家沃爾夫關係糾葛的故事，最後也沒被翻成《天才沃爾夫》。畢竟兩者相比，資深編輯柏金斯的漫長一生才活出了足以塵埃落定的成就。

而沃爾夫始終是塵埃飛揚。《天才柏金斯》中飾演沃爾夫的裘德．洛總是情緒激昂，多話好動，甚至自比為莎士比亞《暴風雨》劇作中卡利班。明明是一輩子使用語言之人，善用的還是詩意語言，他卻自比困在島上那隻一度無法使用語言的半人半獸。一九〇〇年出生於南北戰爭後的北卡羅萊納州，也是南北戰爭中最後一個脱離合眾國的南方成員，沃爾夫體內彷彿始終流著被各種複雜立場拉扯的詛咒之血，無論身為美國人或藝術家，他總覺窒礙難行，困守愁城。他有太多浪漫純情，但體內也同時湧動著殘酷的血液，彷彿一九一九年由舍伍德・安德森出版的《小城畸人》所寫，「使人變成畸人的。便是真理。」

他就是自己的畸人，自己的真理，書寫主角當然也只能是自己。沃爾夫的作品全是自傳，包括《落失男孩》，作為成名長篇小說《天使望鄉》（Look Homeward, Angel）的前傳，其中描寫的甘特一家就是沃爾夫家族，而十二歲過世的葛洛佛就是沃爾夫現實生活中二十六歲過世的哥哥班恩。《天使望鄉》原名為《噢，失落》（O, Lost），其中有六萬六千字的細密文字被編輯柏金斯刪去，不過完整版本已經於二〇〇〇年出版，讓人足以一窺沃爾夫以超過三十三萬字所描述的失落情懷。

但失落的究竟是什麼？《落失男孩》中確實死去了一個名叫葛洛佛的男孩，但故事才開場，這男孩就在小鎮廣場漫遊，似人又鬼。「這兒就是永不改變、始終如一的廣場。這兒就是一九〇四年的四月。這兒有法院大樓的鐘和下午三點的鐘聲。這兒有側背著送報袋的葛洛佛。這兒有老葛洛佛，快滿十二歲的葛洛佛——這兒就是恆久不變的廣場，而葛洛佛在這兒，他父親的鋪子在這兒，時間在這兒。」時間在此地既精確又失去意義，生死流融一體，父親在這裡，兒子也在這裡，彷佛沃爾夫曾提及自己永遠在尋找「精神上的父親」，一種屬於美國這泱泱大國且恆定不變的存在。

這情懷熱烈如明亮火炬，背後卻也有極陰寒的暗影。在

A．司各特．伯格（A. Scott Berg）的《天才的編輯：麥克斯．柏金斯與一個文學時代》之中提到，沃爾夫曾在話語間推崇希特勒與他的親衛隊特務部隊，半悲憤又半戲謔地表示「親愛的阿道夫」知道如何對付那些找藝術家麻煩的流氓，而在美國，「正直的人卻被混混威逼榨乾。」當然，儘管有論者指出，一九三〇、四〇年代的南方作家跟納粹共享類似心境——推崇威權主義、害怕差異、願意以野蠻手段懲罰所有異議分子——這段話也不能完全代表沃爾夫是個法西斯分子，畢竟他之所以說出這段話，是才因為作品涉及真人真事而被告毀謗，內心苦痛難忍。但他確實對美國這樣一個能夠執行正義的家父長形象有所期待。

正如北卡羅萊納州在南北戰爭中的交界位置，沃爾夫的美國情懷似乎也極為複雜。故事中的男孩葛洛佛嚮往北方，認為北方一切對稱豐美，現實生活中的沃爾夫成年後也到紐約教書闖蕩。但在《落失男孩》中，代表沃爾夫的敍事主角所懷念的葛洛佛卻是對「黑鬼」充滿差別心的人士，甚至一段去博覽會火車程上要黑鬼回自己車廂的橋段，都成為母親追憶他的甜美片段。「他（被趕走的黑鬼）尊重葛洛佛的判斷，一如每個人都尊重葛洛佛的判斷。」

沃爾夫對美國的情懷也展現在「博覽會」的元素應用。英美文學中最著名的博覽會，大概就是詹姆斯．喬埃斯的〈阿拉比〉。不過，儘管有論者指出，沃爾夫的意識流手法深受喬埃斯影響，《落失男孩》中的「博覽會」卻展現出完全不同風貌：〈阿拉比〉中的博覽會出現在冬天，主角抵達時也早已收攤，一切都是謝幕後的空寂；《落失男孩》中的葛洛佛卻是在美好的四月天前往聖路易斯，還在博覽會展場外的酒店工作，展場內有關食蛇人、脂肪女，滑水道跟摩天輪的描述在在令人眼花撩亂，葛洛佛甚至會用薪資買冰淇淋請弟妹吃。相對於〈阿拉比〉中因為浪漫幻滅帶來的成長體悟，《落失男孩》中的博覽會卻生機湧動，是被真空保存的純情過往與對未來的想望。沃爾夫是羅斯福總統一九三三年新政的支持者，深信國家應該強勢干預市場經濟，博覽會似乎正是反覆在他腦中復興美國強盛形象的變奏之一。想想如果活在今日，他或許也會支持強人形象的川普，以「使美國再次偉大」。誰知道呢？一旦想望純粹，濾去的便是現實中美好複雜的渣滓，但他對世界又有一種什麼都捨不得的偏執，於是用文字留下那些時代的沙金。

沃爾夫是美國地方書寫的名家之一，不停自傳書寫的結果就是南方家鄉小鎮阿什維爾（Asheville）的鄰居對他又愛又恨——被寫他們也抗議，不被寫他們又生氣。小鎮生活是一顆美國夢的濃縮膠囊，人人抗拒改變又渴望昇華，導致每一瞬刻流失的時間都如同普魯斯特傾倒出的時光珠玉一樣。而卡利班正是這狡詐縫隙中的存在：他擁抱過往又不願被未來拋下，學會語言後用來詛咒教他語言之人，卻又能絕美描述困住自己的小島：

「#不要怕。這島上充滿了各種聲音和悅耳的樂調，使人聽了愉快，不會傷害人。有時成千叮叮咚咚的樂器在我耳邊鳴響。有時在我酣睡醒來的時候，聽見了那種聲音，又使我沉沉睡去；那時在夢中便好像雲端裡開了門，無數珍寶要向我傾倒下來；當我醒來之後，我簡直哭了起來，希望重新做一遍這樣的夢。」

而《落失男孩》就是沃爾夫的的其中一個夢，是美國夢的異卵雙生。如果用當今的流行樂重新說明，或許我會挑上這麼一句張懸的歌詞：「我擁有的都是僥倖，失去的都是人生。」但如同卡利班被困在島上，卻仍能精細說出困頓之美，沃爾夫以他的每一個夢囈語：僥倖即人生，落失即完足。

引自朱生豪翻譯，莎士比亞劇本《暴風雨》。

PART I

I

……光來了又走、走了又來，法院大樓的鐘隆隆敲出三點的鐘聲，響徹這擠滿青銅色的鎮，四月的徐風輕輕拂過噴泉，吹出了片片虹彩——直至那羽狀水柱復又潺潺搏動，直至葛洛佛拐進了這座廣場。他是個孩子，張著嚴肅的黑色雙眸，脖子上有塊暖褐色的莓形胎記。他一臉秀氣，而且看起來太安靜、太聽話，太不像這個年紀的孩子該有的模樣。早已磨壞的男童鞋、吊在及膝處的粗羅紋長筒襪、一邊縫了三顆無用小鈕扣的直筒五分褲、水手衫，再加他斜擱在烏黑頭頂上，那又扁又塌的老舊制服帽，以及他側背在肩上，一只經年且髒汙的帆布袋（現在袋裡空無一物，不過晚點就會裝入平整簇新的午報）——這從頭到腳充滿親和感的破舊行頭都是葛洛佛一手打理，自然能道出他的個性。他轉身，沿著廣場的北面徒步而行，並在這一瞬間瞧見了永恆與當下的接合。

光來了又走、走了又來，噴泉激瀉而出的羽狀水柱潺潺搏動，再讓四月的徐風吹成廣場上一張細如蛛絲的虹彩水霧。消防局的馬匹以其僵硬的步子往地板跺響足音，態度漫不經心得很，那乾淨的粗尾巴也會配合甩個一兩下。每隔十五分鐘，路面電車便伴著煞車聲打四面八方緩緩駛進廣場，然後按照慣例暫停片刻，猶如裝了8字形手扭的發條玩具。廣場對面，報廢車回收場的老馬正努著勁兒拖著一輛板車，嘎噠嘎噠地穿過他父親鋪子前的鵝卵石路。三點了，法院大樓的鐘即刻叩出莊嚴隆重的報時聲，然後一切又是老樣子。

他用那雙安靜的眼看著這盤形狀惱人的哈吉斯菜——這座廣場是由一磚一石撞出的殘破街景，是由風格迥異、互不搭調的各式建築拼合而成的大雜燴，但他沒有因此感到失落。因為「這兒」——葛洛佛心想——「這兒就是廣場，廣場一直是這個樣子的——這兒有爸爸的鋪子、消防局和市政廳、潺潺搏動著羽狀水柱的噴泉，有來了又走、走了又來的光，有嘎噠經過的舊板車、報廢車回收場的老馬，有每隔十五分鐘便會駛進廣場，然後就地暫停的路面電車，有五金行坐落在那頭的街角，有五金行隔壁那設了塔樓，屋頂還築了城垛，外觀宛若古堡的圖書館。這兒有整排的舊式磚造樓房沿著街道這一側林立，有路過的人和來來往往的車輛，有來了，然後發生變化，但始終會再出現的光，有種種來來往往，並在這座廣場發生變化，卻依舊會返回原樣的一切——這兒……」葛洛佛心想。「這兒就是永不改變、始終如一的廣場。這兒就是一九〇四年的四月。這兒有法院大樓的鐘和下午三點的鐘聲。這兒有側背著送報袋的葛洛佛。這兒有老葛洛佛，快滿十二歲的葛洛佛——這兒就是恆久不變的廣場，而葛洛佛在這兒，他父親的鋪子在這兒，時間在這兒。」

因為在他眼裡，這座二十年來始終維持著又磚又石，偶將時間和斷裂的奮造聚攏成堆的廣場，即是他小小宇宙的小小中心。在他靈魂的圖像裡，這座廣場即是地球的樞紐，是彌久不變的花崗岩岩核，是儘管人事來來去去，也仍守著永恆，永不改變的經常之地。

他走過街角的舊棚屋。這間木造房屋蓋在容易失火的消防死角，是S·高柏格賣法蘭克福燻肉腸的攤子。然後他走過攤子隔壁勝家的店。店裡陳列著光潔閃亮的新機器，引人入勝的日曆上展示出勝家的廠房——有漆著令人心潮澎湃的紅色大型建物，有綠得讓人難以置信的青草地；討喜的載貨火車由模型玩具一般的火車頭領著，彎進玩具一般精緻講究的鄉間，再繞過玩具一般完美的大水塔，如茵的綠地則在四面圍繞。工廠前方有幾座噴著水的噴泉，數條壯闊的林蔭大道上，熠熠生輝的豪華馬車絡繹不絕。那些都是拉風的維多利亞馬車，而拉車的馬弓著頸子騰躍著，駕馬的車夫頭戴高帽，車上的窈窕淑女則打著陽傘。

多棒的地方，他光看就覺得高興。那應該是紐澤西，不然就是賓夕法尼亞或紐約。那是他未曾親眼見過的地方。那個地方的綠草更綠、紅磚更紅，那個地方的載貨火車、水塔、奔騰姿態傲然神氣的馬匹，以及總是保持對稱，令人賞心悅目的一切——包括自然景物——在在勝過他親眼見過的東西，在在讓他起了美妙的好感。那兒就是北方。北方，出色，叫人心蕩神馳的北方。北方有油綠的草地、赭紅的穀倉、完美的房屋。北方有宜人的對稱景觀，就是載貨火車和火車頭也隨時覆著一層鮮亮的新漆。只有北方的工人會穿上彷若軍裝俐落筆挺的藍色工作服，只有北方的河川會映著藍寶石的色澤，也只有北方處處是無瑕可擊的美地。那兒就是北方，完美、卓然，洋溢著幸福並且充滿對稱之美的北方。而他父親就自北方而來，所以他終有一天要到北方一探。他看向窗內，駐足了一會兒。那幅美麗豐奢、多彩繽紛的風景讓他感到滿滿的撫慰與渴盼，一如既往。

他也看到那些燦燦完好的縫紉機了。他見著那些機器，覺得挺漂亮，卻沒被激起一絲歡欣的感受。縫紉機讓他心頭一沉。這些機器讓他回想起家務那不絕於耳的忙碌低鳴，女人家縫紉時的嗡嗡聲響。他想到那繁複的一針一織、神祕的式樣與圖案，還有記憶中女人家埋著頭，手迅速車著布而腳配合踩著踏板，機器唧唧復唧唧的景象。他知道這縫紉的世界有他永遠琢磨不透的謎，而那些女人家就在這個世界獲取他永遠無法參透的喜悅。那是女人家的活兒；不知何故，這活兒總叫他聯想到百無聊賴和莫可名狀的抑鬱。當然，他在這一瞬間，還會感受到一陣劇烈的驚恐，因為他的黑色眸子老會追著那根上上下下迅速擺動的針，卻怎麼也追不上針縫得飛快的動作。接下來，他便會憶及母親有回告訴他，她的手指曾讓針給車了過去的往事。每當他經過這個地方，這樁舊事就會浮現腦海；然後他會伸伸脖子，沒多久就別過頭去了。

他能看見史瑞許先生就在裡頭。史瑞許先生是這家店的經理，長得高高瘦瘦，不過孔武有力。他有淺棕色的頭髮、淺棕色的八字鬍，還有一口馬齒般的大牙。他上下顎的肌肉非常結實，這結實的肌肉也無時無刻不在運作。而只要他牽動上下顎的肌肉，嘴巴便會倏地一咧，連帶讓馬齒般的大牙倏地暴出。史瑞許先生是張在滿弓上的緊弦，做起事來總是又快又緊張，說起話來也是又快又緊張。但他曉得史瑞許先生很善良。他喜歡史瑞許先生。善良、求快、結實、淺棕色，這就是史瑞許先生。

如今，他也看到葛洛佛了，因此露出那口馬齒般的大牙，但不到一秒又旋即閉上嘴，朝對方揮揮他有著淺棕色指節的手，然後掉頭而去，彷彿那根弓上之弦又被拉緊了。葛洛佛老在納悶史瑞許先生究竟是怎麼踏進這門女人家的生意，不過，他接著便會瞧見勝家廠房那片令人讚嘆的景致，並將那片景致與史瑞許先生聯想在一起。要不了多久，他就恢復了好心情。

他繼續走，卻不得不於隔壁的唱片行再次停下腳步。只要店裡擺放著亮晶晶的好東西，他就得駐足觀賞一番。他愛逛五金行，醉心於放滿精密幾何工具的櫥窗。他愛看滿是鐵鎚、鋸子和刨木板的櫥窗。他喜歡看到櫥窗裡都是堅固的新耙子、新鋤頭，那些連把手也尚未磨損，還是由上等白木木材製成，也加蓋了製造商的戳記，而且蓋得毫不馬虎的新耙子、新鋤頭。他喜歡裝滿嶄新用具的工具箱。他就愛看這些會出現在五金行櫥窗裡的東西，還會看得喜不自勝，心想總有一天，自己也要擁有這麼一套工具。

他喜歡好聞的地方。他喜歡觀察馬車出租行，對裡頭的動靜充滿了好奇。他愛馬車出租行鋪著厚木板條的地板，那讓馬蹄踩得坑坑窪窪，還被壓出了漿或蹈出碎屑的厚木板條地板。他喜歡看馬車出租行裡的黑鬼照料馬匹，喜歡看那些黑鬼用馬梳刷淨馬毛，喜歡看那些黑鬼拍拍光潔的馬屁股，再放聲吼出他們看馬黑鬼道地的那句——「喝——還不給咱回來！」他喜歡看那些黑鬼為馬卸下輓具，然後牽馬跨出馬車的車轅。他喜歡那些馬走在木頭地板上的姿態——有幾分氣宇軒昂，又有幾分僵硬的走法。他也很欣賞那些馬揚起驕盈的粗尾巴後，再任尾巴重重垂下的一派漫不經心。他喜歡這些人事物呈現在馬車出租行那片厚木板條地板上的模樣。

他也喜歡馬車出租行隔壁的幾間小小辦公所。他喜歡這些髒兮兮的小小辦公所一扇扇沾滿汙垢的窗戶、一架架鐵打的小火爐，以及木板條地板、殘破的小保險櫃、一張張會嘎吱作響的椅子與其圓弧形的椅背，還有充斥其間的馬味和鞔具味、混著汗臭的皮革味、馬車出租行員工的人味。這群人面色紅潤、容光煥發，套著皮製的綁腿，操著粗言穢語，不時爆出中氣十足的渾厚笑聲。這一切都非常吸引他。

他不喜歡銀行的外觀，也不喜歡房地產或火險公司辦公室的樣貌。他喜歡藥房和藥房特有的刺鼻、乾淨的懷舊氣味，他喜歡藥房櫥窗裡放著盛滿有色液體的大罐子，還有那上下浮動的白色球體。他不喜歡藥房櫥窗裡堆著成藥和熱水袋，因為這些東西總叫他提不起勁。他喜歡理髮廳、菸草鋪，可他不喜歡葬儀社的櫥窗。他不喜歡裡頭的捲蓋式書桌，也不喜歡掛在捲蓋式書桌上方的開業證書，或是室內的盆栽、耷拉的蕨類植物。他不喜歡葬儀社櫥窗後面那一團漆黑的空間。他不喜歡葬儀社，所以絕不會在葬儀社的門前停留一時半刻。

他也不喜歡棺柩的模樣，即便棺柩看上去多麼高雅氣派。不過他喜歡鋼琴，雖然鋼琴多少會讓他聯想到棺柩。他不喜歡棺柩聞起來的味道，但不知怎的，他卻喜歡大鋼琴的味道。那味道讓他想起自己的家，想起起居室那閉塞且有點腐敗的氣味，而他喜歡這氣味。那味道令他想起起居室和鋪在起居室裡的地毯，那每個早晨都會被仔細清理一番，業已褪色的褐色厚地毯。他也會因此想到那盞玻璃吊燈，想到上頭那些雕花玻璃，那些晶亮又小巧的垂飾，想到那些垂飾經人一碰，便會閃動光芒、噹噹作響的樣子。

那味道叫他思及放在起居室的壁爐架上，用玻璃罩住的蠟製水果。那味道叫他思及用老黑木做成的譜架，叫他思及那張紋理分明的大理石桌，大理石桌的桌面還是他父親親手切的。那味道叫他思及那本龐大無比又笨重無比，以致他無力拾起的《聖經》，也叫他思及加了金屬扣環的肥腫大相簿。這本相簿裡存放著用銀版攝影法洗出他父親幼時的照片、他一家兄弟姊妹和親友們的照片——每個人雙頰都泛著一抹淡粉的照片。

那味道還會讓他想起立體鏡，想起他百看不厭的圖片——那些他在安靜的午後獨處時，就愛用立體鏡一看再看所有蓋茨堡、神學院山脊和魔鬼窟的圖片，那滿滿一片以灰色和藍色向四方鋪展開來的圖片。

最後，那味道會讓他想起起居室裡的大鋼琴，想起那架大鋼琴亮晃晃的平面和弧面，想起那架大鋼琴棺柩一般瑰麗的外形，還有大鋼琴散發出的濃郁香氣。那味道會讓他想起自己在懂事之前——如今他大了，是不會做出這般幼稚的舉動的——好愛爬到那架大鋼琴下，然後坐在地毯上用力吸取這股濃郁的香氣，並且思索著、咀嚼著、接收著這當中令人激越的孤寂、與世隔絕卻又獨霸一方的感受，一種詭譎而晦暗的撫慰感受——他不解自己為何就愛這麼做。

所以他總會停在這間賣唱片和鋼琴的店門口。這間店棒透了。有隻小白狗蹲坐在櫥窗裡，頭斜斜歪向一邊。小白狗就這麼一動也不動，從不出聲吠叫，始終專注聆聽自漏斗一般大開的喇叭口傳出「主人的聲音」——那喇叭永遠安安靜靜，那聲音總是緘默。店裡有好多架形容華美而晶亮的大鋼琴，營造出一種富麗堂皇、充裕豐足的氛圍。而馬卡姆先生就站在店內一側的櫃檯之後。

他也喜歡馬卡姆先生。馬卡姆先生短小精悍，渾身上下無不展現俐落爽快的氣質。他有一小撮修得俐落的灰白短髭，頭髮也漸漸灰白了，不過他任其濃密，任其茂盛。但不知怎的，就是他的頭髮也有一種短而俐落的風骨，好似每根頭髮都要俐落爽快地朝天一豎。馬卡姆先生的臉和五官也都是俐落爽快的；小小的，還非常精緻。他是個北方佬，說起話來就是一副北方佬的調調——字字乾脆簡潔俐落，句句明快而果決。顧客上門時，他會站在櫃檯的後方，將手指拱成一座座立在櫃檯上的橋，並將頭爽快地歪向一邊——就用這副架勢傾聽對方的需要。然後，當顧客把該說的都說了，他便會如鳥一般迅速、俐落地點個頭，再專業地答上一聲：「嗯哼！」差不多就是牙醫讓你起身吐口水時，會說的那聲「嗯哼」。接著，他便迅速、俐落地去幫顧客拿他所找的曲子。

他對事似乎向來是清清楚楚的。如果店裡有顧客說的那首曲子，他會立刻反應過來，也會馬上知道該往哪邊找去。他當場就會迅速、俐落地走向那首曲子所在的確切位置。而要是店裡沒有那首曲子，他也會同樣迅速地搖搖頭，然後面露親切的微笑，以爽快的口吻略表遺憾地說：「抱歉，店裡沒有。」這就是馬卡姆先生的行事風格——俐落爽快而明確。他是個滑稽的矮個兒，但他會逗葛洛佛開心，讓他咯咯咯笑個不停。葛洛佛很喜歡馬卡姆先生。他喜歡停下腳步瞧瞧他，看他聽顧客說話時，那副將手指拱成一座座的橋，讓頭像鳥兒一般轉動的模樣。

再隔壁則是蓋瑞特先生的雜貨店，而葛洛佛也得在此逗留一番。這是個好地方，一間又好又寬敞的店，賣場從街道這一側向後打通到另一條街，店裡盈滿了各種香氣。店內左手邊有只大型的糖漬黃瓜桶，再往內走還有一個更大的桶子：那是用來裝小茴香醃菜的。櫃檯右半邊的檯面上永遠有塊重量級黃色圓形乳酪，旁邊還擱著一大塊從這圓形乳酪齊整切出的V形乳酪。這塊三角形乳酪旁有台咖啡磨豆機，磨豆機隔壁放了磅秤。櫃檯後方有貯放咖啡、粗玉米粉和米的帶蓋大箱子，每個大箱子上都有勺狀凹槽方便抽拉。雜貨店的左右兩側立著高至天花板的置物架，架上安置著多到令人瞠目結舌的大量商品，包括果醬和蜜餞、罐裝調味醬和醬菜、番茄醬、沙丁魚、罐裝鮭魚、罐裝番茄、玉米配豌豆、豬肉配菜豆，包括任何人這輩子會想一嚐的東西，包括任何人這輩子尚未嚐過的東西，包括任何人從沒料到會有的東西、從沒買過的東西。足夠了——葛洛佛心想——足夠養活一整座城市的人了。光是這裡的一切，在他看來，就能餵飽鎮上的每一張嘴。

雜貨店後面的區域則積存一袋袋用麻袋裝好的麵粉，以及一塊塊堆疊起來，活像一大垛木材的豬背脂膘。

賣場的盡頭，便是幾扇又高又窄，看上去不大乾淨，加裝了防盜鐵條的窗戶。這幾扇窗讓他想到美國在地商店的後場，那由結塊的磚砌出的毛坯平面，可供裝卸貨物的平台，讓他想到在美國這兒，樣貌始終如一的那些東西——在美國這兒，依然承襲舊日建築式樣的那類樓房。不知怎的，這些空間總富有南北戰爭的氣息，就像謝爾曼將軍率領麾下的裝甲兵大舉進占亞特蘭大時，一些在軌道上跑的運貨車廂、少部分的車站、裝了煙囪嘴的火車頭；然後，當那些士兵一擁而上，就會經過這類由結塊的磚砌成，簡直樸素到堪稱粗陋的老樓房——前頭掛著寫了「J．威爾森，印刷店」或只有「雜貨」二字的招牌，而加裝鐵條的舊式窄長形窗戶的背後，就是可供上下貨的平台和紅色的陶土。這等景象總讓這個男孩感到些許淒涼、些許幸福。大概是季節和光線的問題。因為光來了又走、走了又來——只要光線對了，即便結塊的磚和空無一物的地方也別有逸趣。這是個難以說清的問題，更非一個不到十二歲的男孩可以說清的問題。就推說這就是美國，就是南方吧；如一己的血肉般親暱——親暱如三月刺骨的寒風——如發疼的喉嚨或鼻水直流的鼻子——那泥沼似的紅色陶土，那片荒涼——或是四月，四月，以及荒野之美——就推說事情原本就是這個樣子的——原始、結塊、淒涼、美麗、詩情畫意、極富驚奇——就推說這是個難以說清的問題——美國、老舊的結塊磚頭、雜貨鋪子，和四月——和南方。

而在這些事理之上、之內、之外，那無物不侵，直至似乎已全然滲進了櫃檯上的所有木料，直至似乎已被完整包覆，已為鋪在地上的每一塊木板條增添了風味——那獨一無二、紛繁複雜、無所不包、曖昧難述，卻又沁人心脾的萬種氣味——那是無法被言說的氣味，因為這世上沒有能形容這種氣味的字眼。那是無法被描摹的氣味，因為天底下沒有能道盡這種氣味的語言。那是我們永遠無法命名的氣味，因為沒有一個人找得到與其相符的名稱。只能說這氣味摻雜了黃色乳酪那不可撼動的濃烈香氣，還有糖漬黃瓜桶、小茴香、新磨的咖啡粉和茶葉的味道。這氣味包含了培根那豬背脂膘的味道、乾醃的鄉村火腿味、鄉村牛油和牛奶的味道。從這氣味能聞出所有好東西的味道，一種前所未有、鮮美多汁的味道，一種由諸多物料飄散出來，由各種具有識別性的味道互相交雜、混合，繼而融匯成令人顛倒的香氛，一種層次豐富的萬種氣味，無法為之命名的萬種氣味。

因為這萬種氣味不僅藏著記憶中有名有實的千百之物，更兼容了那些千百之物各自展顯出的獨特個性，大有文章。不只，那絕不只是氣味而已——還充盈著能勾起聯想的魔法，引人遐思的魅力。他不知道自己究竟是從何判別的，他只曉得這其中確實存在著印度和巴西的味道，也有黝黑南方和金色、充滿未知的西部的味道，有偉大而美輪美奐的北方的味道，有英格蘭的味道、法國的味道，有滾滾江水和廣袤農園的味道，有鮮為人知的民族、陌生語言的味道。這萬種氣味含括了未經探索之地的所有絢麗，人跡未至之處的所有壯闊，以及所有的神祕，所有的美，這塊無疆之土所有的宏偉——正如建立在一個孩子引以自豪且熾烈的想像世界中，那些光輝形象的氣味。

現在，他必須停下腳步觀看一陣了，他無法就這麼走過。那感覺就像途經阿拉伯半島。雜貨店前停了一匹馬和一輛四輪運貨馬車；那是匹灰毛老馬，因身上負載的重量而憔悴地垂著頭。老馬三不五時會抬起如柴的後肢，往街面使勁刨了又刨。他熟知這匹老馬，他每每見著老馬，便會憶起那段令他愉快的情景——那是關於夏日，關於驟雨的記憶。他曾在這樣的天走過廣場。那個時候，天氣好熱。那個時候，雲會驀然聚攏。雲會「集合」起來，真的，帶著硫磺的氣味與電擊的威嚇集合起來……現在，整片天空正在醞釀一場風暴。光紫了，雲則聚集在雷頂。接著，閃電倏地落下，粗風轟然颳起。

霎時間，暴風挾著如注的大雨疾掃而來。他從未見過這樣的風雨。大雨嘩啦打在人們身上，彷彿整條密西西比河自天空迸裂開來。雨來得好快，下得滂沱。頃刻之間，整座廣場已空無一人，荒涼得宛若一處古城的遺址。這雨嘶嘶打落，街邊的排水溝冒起水泡，人行道就如大開的水閘奔流著水，排水溝口也開始嗝出湍急的洪流。葛洛佛趕緊躲進雜貨店。他望著外頭那片傾盆大雨，那座荒無人煙的廣場。暴風雨瀟瀟颯颯，他登時感到一陣欣喜。

如今廣場上只剩雜貨店那輛四輪運貨馬車，還有那匹老灰馬。狂風襲擊著馬車，像掃紙片一般吹掀馬車的車頂。傾瀉的暴雨打在老馬身上，逼得老馬低下了頭。雨水疾速打下，滴滴重擊著老馬的側腹。雨嘶嘶地下，淌過老馬瘦削背部那條長長的脊線。老馬羸弱的肋部被雨澆出了煙，乾瘦臀部的髖關節也讓雨給潑溼了，而老馬只是耐著性子垂著頭。接著，大水向下漫溢。大水洸洸，澎湃地沖過廣場。水撕扯著遮棚，又彷彿一團崩落的雪塊徑直砸向樓房，直至廣場氾濫成一片湖澤。

接著，幾乎就像來時那般倉促，這場暴風雨戛然而止。光再度穿進了廣場，將先前的漆黑一掃而空；溝渠和排水溝嘩嘩作響，溝內流水汩汩不止。那匹老馬依舊站在原地，渾身都溼透了，可看上去疲態盡顯的牠，卻似乎帶著感激涕零的神情。牠揚起老邁的頭和長長的灰頸子，然後——就在彈指之間

——僵硬地挪動身軀，並抬起馬蹄往街面刨了又刨。

而葛洛佛就站在那兒看，將一切盡收眼底。不知怎的，眼前的一切讓他覺得好驚訝、好神奇，又好高興。他忘不了那片漆黑且充斥著硫磺味的天，那包孕著電擊的頂天之雲，那晦暗不明、深沉詭祕的光。他忘不了等待之時，自己五臟六腑內那股類似麻痺的感覺，以及即將成形的狂喜之情。

接著便是這場驚心動魄、轟隆大作的暴風雨：有狂號的風，有怒嘯的雨。還有低垂著頭迎風接雨的老馬。牠那副姿態就像歷經時間洗練的老岩。他無法忘懷。日後，無論何時，他會看見或想著這匹老灰馬，他會記得時間、那神奇的光、在那已逝夏日從天而降的神奇暴風雨、那狂野且原始的喜悅，以及所有的味道、漆黑，和人們躲在雜貨店裡等待的情景。

而現在，他又看見這匹馬，因此回想到這段過往，也因此以那深沉又無以名之的狂喜心情看進這間雜貨店，一如這間雜貨店向來帶給他的感受。他深深吸進一口雜貨店的氣味，讓肺在這四溢的芳醇氣味裡浸潤迷醉。他懷著渴望、欣喜、難解的驚訝和好心情、鍾愛之情看著雜貨店。雜貨店裡的蓋瑞特先生和其他店員總能喚醒這份沉澱在他心中的好心情與鍾愛之情，他也不曉得為什麼。這或許就是他們的膏油——他們與顧客說話時，一場類似以油膏之的儀式；一種藏在這些人的語調中，導致他們油嘴滑舌的膏油——彷彿有塊牛油在他們舌上久久不化。他們說起話來是多麼老練，多麼油滑，多麼叫人信服。

就在他觀看之時，店裡的電話響了，蓋瑞特先生接起客人打來訂貨的電話。他拾起鉤上的話筒，同時摘下夾在耳際的鉛筆，動作十分嫻熟。他開始在便條紙上記下對方要訂的品項。蓋瑞特先生約莫四十五、六歲，留著一顆梳得毫不紊亂的中分頭。這一點總讓葛洛佛忍俊不禁——那髮型跟蓋瑞特先生真的好搭哦。他穿著長長的白圍裙，兩管袖口捲至手肘處。蓋瑞特先生講電話時，那短淺額頭上的抬頭紋便會忸怩地往上一挑——哦對了，從蓋瑞特先生說話的語調聽來，他舌上就有塊久久不化的牛油。「是的，夫人，是，夫人……哦是是，當然，賈維斯太太……是是是，當然。哦，這些東西品質很好。非常之好，沒錯……是的，夫人。今早才進的……是的，夫人。雞蛋兩打……牛油兩磅。是，夫人，哦味道非常之好。半打罐裝番茄……是的，夫人，是，夫人。哦，是一等一的高級貨……哦哦，當然啦，當然。我們這兒只提供最高檔的商品。早餐用培根一磅。是的，夫人……」接著，他便會祭出那油嘴滑舌的說服本領，輕聲細語地道：「還有咖啡……您想要哪種價格的咖啡呢，賈維斯太太？……本店有支特調的豆子，這禮拜剛好在促銷；欸，比其他豆子便宜個兩分錢，但我強烈推薦您試試這款口味……」他就如此這般順著賈維斯太太的意阿諛奉承、賣弄口舌，彷彿有塊牛油在他舌上久久不化，直到店裡的存貨全被他點名了一遍——純粹因為每件商品都好到讓他欣然頌讚——直到旁人光聽他說咖啡、論牛油、評個一磅的培根，都能聽得口水直流。

「好一口油嘴滑舌。」葛洛佛忖道，他那沉靜的臉龐也映上一抹短暫的淺笑。「是的，我們進了一些不錯的番茄——我們也進了一些又好又新鮮的馬鈴薯——洋蔥也是又好又新鮮——您考慮來點又好又新鮮的烤玉米，來點又好又新鮮的玉米棒嗎？或是來點又好又新鮮的……要不要來點又好又新鮮的……」——接著，他想到——「哦，是的，夫人——又好又新鮮，全都是又好又新鮮的呀我們這兒！」然後，葛洛佛邁開了腳步。

而現在，沒錯，他被什麼東西給迷住、吸引住，他又裹足不前了。一陣暖呼呼的巧克力香和著空氣撲鼻而來。他試圖走過這間八呎窄鋪的白色門面，卻得再度駐足，再度天人交戰一番。他沒有辦法前進。這是老庫洛克夫婦經營的小糖果店，而葛洛佛無法就這麼走過。

「庫洛克夫婦那兩個小氣鬼！」他暗自鄙視他們。「我再也不會踏進他們的店了。夫妻倆小氣得要命，到了晚上還要把時鐘給停掉。但我——」此時，他又聞到煮巧克力那叫人癲狂的暖呼呼味道和濃郁的香氣。「我就瞧瞧他們的櫥窗，看看裡頭的貨色吧。」他停留一會兒，用那雙安靜的黑眼睛看進這間小糖果店的櫥窗。櫥窗裡整整齊齊貼著貼紙，而且纖塵不染，還擺滿一盤盤剛做好的糖果。他的目光停在一只盛了巧克力糖的托盤上。葛洛佛下意識舔了舔嘴唇。把一顆托盤裡的巧克力糖放在舌頭上，這糖就會立刻化開，就跟蜂蜜露一樣……一會兒後，他看向那些盛滿自製香濃牛奶軟糖的托盤。他熱切地凝望巧克力牛奶軟糖那深色的糖身，若有所思地看著楓糖核桃，再用較為苛刻，卻也不乏渴求的眼神盯著那些薄荷糖、牛軋糖，以及其他所有精緻的小點心。

「庫洛克夫婦那兩個小氣鬼！」葛洛佛又咕噥了一遍，並掉頭準備離開。「我絕不會再進去了。」

但是但是，他卻沒有掉頭就走。庫洛克夫婦或許真是兩個小氣鬼，可他們做出來的糖果的確是鎮上最好吃的——事實上，那就是他嚐過最美妙的滋味。

他轉過身來，從櫥窗外看進這間小小的糖果店，也發現了庫洛克太太的身影。稍早之前，有位顧客上門，如今已挑好要買的糖果，而當葛洛佛望向店內，也望見庫洛克太太正舞著鷦鷯般的小手，板著鷦鷯般的小臉，癟著拘謹的唇——她的五官都非常枯瘦——彎身端詳著磅秤。她乾淨而瘦削的手指掐著一塊糖；就葛洛佛看來，那應該是塊核桃楓糖牛奶軟糖。他看著她用那瘦削的小手一板一眼地掰斷這塊牛奶軟糖。她將其中一小塊糖放在磅秤上。磅秤旋即往下壓，庫洛克太太驚得薄唇一緊。於是她再次用瘦削的手指掐起磅秤上一塊牛奶軟糖，也再次睜大了眼仔仔細細地掰斷它。而這一次，磅秤微微晃動了幾下：先是極其緩慢地往下掉，後來又升了上來。庫洛克太太將那塊收復回來的牛奶軟糖小心翼翼地放回托盤裡，接著便把磅秤上的糖果全數裝進紙袋，然後折好袋口，把紙袋交給客人，再謹慎算好錢，將這筆錢按單位收進放錢的抽屜，一分幣放這堆，五分幣則放另一堆。

葛洛佛站在原處輕蔑地瞧著。「庫洛克太太這個小氣鬼——連點渣渣屑屑都要計較！」

他再冷冷哼了一聲，又一次打算掉頭走人。但就在這個時候，又有一件事吸引了他的目光。就在他轉身要走之際，庫洛克先生正好步出這小小隔間後部，他們專門製作糖果的小房間，而那雙瘦成皮包骨的手還捧著一盤剛做好的糖果。老庫洛克沿著櫃檯左搖右晃地蹓向前頭，然後放下托盤。他走起路來真是一副左搖右晃的模樣。他是個瘸子。他的個頭和他太太一樣如鶺鴒般乾癟瘦小，有著單薄的唇，臉也瘦巴巴的。他有條腿比另一條短了幾吋，而這條較短的腿就踩著一隻好大的厚底靴；那靴子下添了一具類似搖椅弧形彎腳的木製裝置，少說也有六吋高。他就靠這隻厚底靴彌補自己殘疾右腿的不足。庫洛克先生踩著這具木製搖籃搖搖晃晃地前進——若要描述他走路的模樣，就只能這麼形容了。庫洛克先生是個骨感矮個兒，有著如柴的手和枯瘦的五官，而當他走起路來，真的是搖晃著腿前進的，臉上還會掛著一絲拘謹又惶恐的微笑，彷彿擔心自己會有什麼損失似的。

「小氣鬼庫洛克！」葛洛佛嘀咕著。「哼！他什麼都不會給你的，什麼都不會！」

然而，他依舊沒有離開。他流連不去，好奇地站在櫥窗外用那雙安靜的黑眼睛緊緊盯著店裡的一切。他那張黝黑而秀氣的臉龐顯得專注且堅決，流露著既機警又好奇的表情，鼻子甚至貼上了窗玻璃。他不自覺用舊鞋子那磨損破爛的足尖部搔搔另一條腿上的粗羅紋長筒襪。他早就聞到剛做好的牛奶軟糖那股新鮮、溫暖的香氣了。那香氣叫人垂涎，還讓人有點把持不住。他在有意無意之間掏起褲子一邊的口袋——他那雙眼仍看著店裡，鼻子也仍貼著眼前的窗玻璃——然後掏出破爛不堪的黑色錢包。他轉開錢包上的扭環，開始在錢包裡尋尋覓覓。

結果並不如他的意。他只看到一枚五分幣、兩枚一分幣，還有——他都忘了有這些玩意兒！——郵票。他拿出郵票，攤開一看。兩分錢的郵票有五張、一分錢的八張，都是他一兩個禮拜前幫藥劑師李德先生跑腿，賺來總值一塊六十分的郵票所剩下的。

「庫洛克那個老傢伙……」葛洛佛邊想，邊悶悶不樂地看著那副怪模怪樣的瘦小身軀再次左搖右晃地盪回店裡，然後繞過櫃檯，盪進另一頭。

「好吧——」他又看向手裡的郵票，看了良久。「我其他郵票都被他收走了，剩下的這幾張也給他算了。」

經過這般輕蔑一想，他心裡也舒坦了些，便推開糖果店的門走了進去，然後整個人杵在玻璃櫃前看著裡頭一盤又一盤的糖果。片刻之後，他決定了。他用有點骯髒的手指比了比那盤剛做好的巧克力牛奶軟糖，開口說：「我要買十五分錢的這個，庫洛克先生。」

然後，他稍停一會兒，努力掩飾自己的尷尬。而當他抬起那張黝黑的面容，就低聲說道：「不好意思，這次我還是得用郵票來抵。」

庫洛克先生沒搭腔。他一雙眼也沒瞧著葛洛佛。他緊閉著唇，不苟言笑。他搖搖晃晃地走掉，拿了根糖果勺再左搖右晃地盪回來，然後滑開玻璃櫃的拉門，將裡頭的牛奶軟糖放進勺子，再搖搖晃晃地盪向磅秤，開始為勺子裡的軟糖秤重。葛洛佛一語不發地看著他。他看著庫洛克先生瞇起眼睛仔細地瞧，看著他噘起了嘴又緊緊抿起嘴，看著他拿起其中一塊牛奶軟糖，將這塊軟糖一分為二。然後，老庫洛克再將這兩塊軟糖各自一分為二。他重新秤重，接著又瞇起眼睛，接著又是一副舉棋不定的樣子，搞到後來葛洛佛都覺得自己叫庫洛克太太小氣鬼實在是有欠公允。與她這位摳門的老伴相比——男孩心想——她真是富貴有餘的活菩薩，積玉堆金的大神仙。不過，令他大感欣慰的是，這勞神費力的活兒總算辦妥了。磅秤就懸在那兒，就懸在一條極其細微，隨時可能失守的平衡線上，戰戰兢兢地微顫著，彷彿磅秤也擔心老庫洛克再那麼一碰，這秤重的活兒就要沒完沒了了。

庫洛克先生取走磅秤上的軟糖，將糖扔進了紙袋。他沿著櫃檯左搖右晃地盪向男孩，冷冷地說：「郵票呢？」葛洛佛遂將郵票交到他手上。庫洛克先生鬆開有如爪子掐著紙袋的手，將紙袋安放在櫃檯上。葛洛佛拿起紙袋，把這包糖投進自己的帆布袋。然後，他想起了這件事。「庫洛克先生……」他又感知到先前那股近乎強烈痛楚的尷尬。「我給你太多郵票了……」葛洛佛說。「那些郵票加起來有十八分。你……你把三張一分錢的郵票退還給我就好了。」

庫洛克先生沒回話。他正忙著用那瘦削的小手攤開郵票，讓郵票平鋪在玻璃櫃的檯面上。等他攤平郵票了，就張著銳利的眼神嚴厲審視那些郵票一番。他探出細瘦的脖子，眼睛上上下下掃視著，好像要將一排排數字全都加總起來的會計。

檢查完畢之後，他連看都不看葛洛佛一眼，毫不客氣地說：「我不喜歡這麼做生意。你想吃糖，就該用錢來買。我經營的不是郵票買賣，這兒也不是郵局。我不喜歡這麼做生意。下次你要進我店裡買東西，就一定得用錢買。」

滾燙的憤怒在葛洛佛喉間暴漲。他原本茶青色的臉龐布滿了憤怒的顏色。他瀝青似的眼眸變得墨黑而澄亮。那些滾燙的氣話逕自浮上他的嘴邊，有那麼一時半刻，他差點兒就要說出：「那你先前又為什麼要收走我的郵票？我的郵票全都被你拿走了，你現在才告訴我你根本不想要那些郵票？」

但他到底是個孩子，十一歲的孩子，一個安靜、秀氣、心思縝密的孩子，還是個被大人教導過，知道要敬重長輩的孩子。所以他只是杵在原地，用他那雙瀝青似的黑眼睛看著。老庫洛克稍稍噘起那拘謹的薄唇，看也不看葛洛佛，就用他細瘦、乾枯的手指撿起郵票，然後一個轉身，拿著那些郵票左搖右晃地盪向放錢的抽屜。

他將兩分錢的郵票折好收進一個荷葉邊圓盤，也把一分錢的郵票折好收進旁邊另一個荷葉邊圓盤。接著，他關上放錢的抽屜，左搖右晃地盪向另一頭。此時的葛洛佛面色沉靜而凝重；他始終看著庫洛克先生，偏偏庫洛克先生就是不看過來，反而拿起幾塊蓋了戳記的紙板，開始將紙板拗成紙盒。

沒多久，葛洛佛說：「庫洛克先生，能不能請你把三張一分錢的郵票還給我？」

庫洛克先生沒理他。他繼續拗紙盒，那薄薄的嘴唇也配合每一個拗折的動作緊緊抿起。倒是正同樣用那西洋芹一般的雙手拗折紙盒的庫洛克太太轉向自己的丈夫，尖刻地低語著：「哼！我什麼都不會給他的！」

庫洛克先生抬起頭來，衝著葛洛佛說：「你還杵在那兒幹什麼？」

「能不能請你把三張一分錢的郵票還給我？」葛洛佛說。

「我什麼都不會給你的。」庫洛克先生答道。

他放下手邊的工作，沿著櫃檯搖搖晃晃地盪了過來。「給我滾出去！別再拿著你那些鬼郵票上門——」庫洛克先生說。

「我倒想知道他那些郵票都是從哪兒弄來的——我對這比較有興趣。」庫洛克太太說。

她說這話的時候，頭並沒有抬起來。她只是將頭朝庫洛克先生的方向稍微一擺，並繼續用她西洋芹似的手折紙盒。

「給我滾出去。」庫洛克先生說。「別再拿你那些鬼郵票上門了……你那些郵票都是從哪兒弄來的？」他說。

「我就是在想這個問題。」庫洛克太太說。「我一直在想這個問題。」

「你這兩個禮拜都拿那些鬼郵票上門——」庫洛克先生說。「我看不慣。你那些郵票都是從哪兒弄來的？」他說。

「這就是我一直思考的問題。」庫洛克太太又說了一遍。

葛洛佛茶青色的肌膚透著一片蒼白。他的雙眸失去了光彩。那雙眼看起來就像兩顆慘澹、呆滯的瀝青球體。「是李德先生……」他說。「那些郵票是李德先生給我的。」然後，他忽然不顧一切地吼了起來：「庫洛克先生，李德先生可以解釋我為什麼會有那些郵票。你可以問問李德先生。我幫李德先生幹了些活兒，他兩個禮拜前就給了我那些郵票。」

「李德先生呢……」庫洛克太太酸溜溜地說。她的頭轉都不轉一下。「那可真是天大的笑話。」庫洛克太太說。

「庫洛克先生……」葛洛佛說。「請你把三張一分錢的郵票退還給我好嗎……」

「給我滾出去！」庫洛克先生喊道，並開始左搖右晃地邁向面前的葛洛佛。「不准你再踏進店裡一步了，小子！這事兒絕對有蹊蹺！我看不慣。我也不稀罕做你的生意。」庫洛克先生說。「要麼你就跟其他人一樣拿錢來買，否則老子不做你生意。」

「庫洛克先生……」葛洛佛又喚了一聲；他臉上那茶青色的肌膚已經透出一片死灰。「你能不能把三張一分錢的郵票退還給——」

「給我滾出去！」庫洛克先生大吼一聲，人也左搖右晃地盪向櫃檯的前端。「你這小子再不給我滾出去——」

「我就叫警察了。是我的話，就會這麼做。」庫洛克太太說。

庫洛克先生搖搖晃晃地盪到櫃檯較低的一端，再徑直朝著葛洛佛搖搖晃晃而來。「滾出去。」他說。

他逮住男孩，再用那枯瘦的小手推了推男孩。葛洛佛心口頓時一陣空虛。他覺得好想吐，好鬱悶。

「你得找我三張一分錢的郵票。」他說。

「你給我滾出去！」庫洛克先生厲聲叫道。他抓住紗門猛地一拉，接著便把葛洛佛給推了出去。「不准你再踏進店裡一步。」他說，還停頓了一會兒，任薄唇微微顫動著。他背過身去，左搖右晃地盪回店裡，那扇紗門則在他身後砰地關上。葛洛佛站在人行道上。廣場上，光來了又走、走了又來。

男孩就這麼站著。一輛載貨馬車嘎噠經過。一些人從旁走過。蓋瑞特雜貨店那輛四輪運貨馬車的駕駛抱著裝滿雜貨的箱子走出店裡，把箱子放上馬車後再使勁關上貨廂的車門。但葛洛佛沒注意這些人事，他日後也不會記得有這些人事。他那茶青色的臉龐透著死灰，而他只是一味地站在那兒，就在太陽的注視下感受這就是時間，這就是廣場，這就是宇宙的中心，就是彌久不變的花崗岩岩核。他感受著當下的葛洛佛，當下的廣場，當下的時間。

然而，有個東西卻不在這白晝之中。他感受著這滔滔而至，讓人痛心入骨的愧疚，打從有了時間，這土地上的每個孩子、每個良善之人便不斷感受著的愧疚。這讓人痛心入骨的愧疚如波波狂潮翻漲而來，就是先前那股憤怒也漸漸被拍熄、被淹滅。因此，葛洛佛這麼想著：「這就是廣場。」就如先前那般想著。「這就是當下。這兒有我父親的鋪子。這兒所有的一切都是老樣子——除了我。」

整座廣場在他周圍趔趔趄趄地旋轉了起來，光在他眼前都成了盲灰的塵埃。噴泉激瀉而出的水張著繽紛的虹彩，然後復轉為向上潺潺搏動的羽狀水柱。但這白晝之中該有的明亮已盡數消失，於是乎：「這兒就是廣場，永恆在這兒，時間在這兒——這兒所有的一切都是老樣子，除了我。」

悵然若失的男孩拖著腳上磨壞了的靴子盲目而蹣跚地走。他麻木的雙腳穿過了人行道，走上這鋪築過的路面，抵達廣場中央的規劃區塊——這兒有簇簇草地，有片片花壇，有才一轉眼，就開得紅豔的團團天竺葵。

「我想一個人待著……」葛洛佛心想。「待在離他遠遠的地方……天啊，希望他永遠不會聽說這件事，希望永遠不會有人告訴他……」

噴泉的羽狀水柱激瀉出水花，水花張著繽紛的虹彩潑濺在他頭上。他走了過去，看見廣場的對面後便穿過街道，心想：「天啊，要是爸爸真聽說了這件事……」此時，他那痲木的雙腳已經踏上通往他父親鋪子的台階。

他看著、感受著這段台階，這段由老木材搭成總長二十呎台階的寬度與厚度。幾位馬車車夫正懶散地坐在街道的另一頭，任由他們的長鞭在人行道上如蛇蜿蜒。廣場朝著這兒的煙囪下傾，地上鋪設的鵝卵石粗糙而堅實，一旁的樓梯一階階攀爬至上方的看守所。他腳下是下午三點的市集拱門，是專供馬車車夫和鄉下的運貨馬車休憩停靠的斜坡路段，是高高低低，用陶土蓋得坑坑巴巴，還挖設了水溝的黑鬼鎮，是棚屋和房舍。再遠一點，便是山那近在眼前，隨著四月悠悠轉綠的輪廓。

他全看見了——父親鋪子走廊上業已斑駁，漆色暗淡、反常的墨綠色鐵柱（不過這種鐵柱在這塊土地上、這種氣候下，終會褪成這種墨綠色），以及兩尊身上黏了蠅糞的天使、久候的石群。他看見珠寶商黏了蠅糞的窗戶、窗台、用螺絲擰緊的眼鏡，也看到裡頭那扇立在珠寶商身旁的木製小圍欄，還有珠寶商那寬廣的額頭、黃色且布滿皺紋的面容，再加一組保險櫃、積得厚厚的灰塵、日久發黃的報紙。

更遠一點就是石匠的鋪子。那鋪子裡裡外外都置放了形狀冷硬的白色石頭和大理石、磨圓的石頭、基石。從容自若的天使正用兩隻堅實的大理石手捧著慈愛。

他父親的鋪子後方隔了一間辦公室。葛洛佛繼續往走廊的盡頭走，走過一件件佇立在旁的白色形體，走至作坊的最裡端。他知道這個地方——左手邊的角落有架小型的鑄鐵爐，爐上滿是結塊，布著暗暗的褐色和熱氣泡；長長排煙管的肘部彎過整間鋪子向外探出，架高的窗戶髒兮兮的，面朝黑鬼鎮的方向俯瞰著整座市集廣場；鋪子裡的架子簡陋而陳舊，做為隔層的厚木板都沒刨平，刺出的纖維就像動物堅韌的體毛。這些架子上擺了各種尺寸的鑿子，還蒙上一層石灰。這兒有台裝了泵浦踏板的砂輪，有扇通往樓下窄巷的門，只是這扇門離地尚有十二呎；錫製的小便斗包著堅硬的外殼、紅銅色的外觀，發出沖天的臭氣，有木框或由撕碎棉花網成的紗門圍住。這個房間裡放了兩組靠粗糙的錐頂木條製成的A形支架，架上躺著墓石，而男人就在為其中一塊墓石刻字。

男孩一瞧，看見了墓石上的名字「克里斯曼」。男孩看見上頭刻成「約翰」的一筆一畫，看見「斯」那充滿對稱之美的形體，也看見「克里斯曼，一九〇三年十一月」展現出的纖細愁情——他從頭到腳多了幾分粗獷，棕色的鬍渣也冒了出來，身旁還多了好幾株松樹，身上頭上都沾滿了紅土。

男人昂首一看。他五十三歲了，憔悴的面容上蓄著短髭，瘦骨嶙峋，還長得非常之高。想必有六呎四這麼高，甚或更高。他衣著體面——他穿著體面而沉重又過大的深色衣服——就是缺了件外套。他穿著襯衫工作，襯衫外罩了件背心。有條堅固的錶鏈垂掛在他的背心前。他燕子領的領口上打了條黑領帶，然後是喉結、沒什麼肉的額頭、沒什麼肉的鼻子、淺亮的灰綠色眼睛與並不深邃、冷然，看上去總透著那麼點孤寂的眼神，還有攀住他肩頭的條紋圍裙、漿過的袖口。他一手握著木槌——不是鐵鎚，而是一把巨大的圓木槌，就像肉販子用的肉槌——另一隻手裡則是一把堅固冰冷的鑿具。

「今天可好，兒子？」

他說話時並沒有抬頭看葛洛佛，只是輕聲地說，心不在焉地說。他拿著鑿子和木槌又敲又打，一如試圖為人修錶的珠寶商，不過這個男人是會出力的，他手中的木槌也帶有力道。

「怎麼啦，兒子？」他說。

他從桌子前端繞了一圈，然後再次著手鑿刻「約」的糸字旁。

「爸爸，我真的沒偷那些郵票。」葛洛佛說。

男人放下手中的木槌，也將鑿子平放好。他繞過A形支架，走了過來。

「什麼東西？」他說。

葛洛佛眨了眨他黑如瀝青的眼睛，那雙眼便倏地一亮，迸出幾滴熱淚。「我真的沒偷那些郵票。」他說。

「嘿，這是怎麼一回事？」男人說。「什麼郵票？」

「就李德先生給我的郵票。之前那個男孩病了，所以我在他那兒替他幹了三天的活兒。結果老庫洛克……」葛洛佛說。「他把郵票都拿走了。他今天把我剩下的郵票全部拿走了。我有跟他說這些郵票是李德先生給的。他應該要找我三張一分錢的郵票……然後老庫洛克說他不相信那些真的是我的郵票……他說……那些郵票一定是我從哪兒弄來的。」葛洛佛說。

「那些郵票是李德給你的——嗯?」石匠說。「那些是你的郵票——」他舔舔自己壓在嘴唇上的拇指,接著便走出這間作坊,進入儲物間後再清了清喉嚨,大喊一聲「莒納度」。但是莒納度,也就是那名珠寶商,人正好不在。

於是男人走了回來。他清清喉嚨,並在走過辦公室那面漆成灰色的老舊木頭隔板時,又一次清了清喉嚨、舔了舔拇指，然後開口：「好了，我說——」

接下來，他一個轉身，二度邁步走向作坊前頭的空間，也走過莒納度那方用圍欄圈起的骯髒小天地。他清清喉嚨，並說：「我告訴你——」然後，他順著兩旁擺滿墓石的走道開始往回走。他輕聲細語地說：「老天在上，現在——」

他牽著葛洛佛的手穿過廣場，兩個人行疾如飛。他倆走過走道上一塊塊墓石，走過大理石走廊，走過守在墓石間那黏著蠅糞的天使，走過木製台階，走過馬車車夫和鵝卵石斜坡，走過看守所的側梯，走過市政廳、市集，走過廣場那不相對稱的東南西北面，走過呈現著不同建築風格的建物和磚砌房子——他倆走過這廣場上的一切，但他們自身並沒有發現。

噴泉水潺潺搏動，那激瀉而出的羽狀水柱張出一片虹彩，映在這兩人身上。一匹嘴已乾裂，不過依舊老神在在的老灰馬，正在舔弄飲水槽裡流動的酷涼山泉——就在葛洛佛與他父親穿過廣場的時候。

男人牽著那隻手，牽著他個頭瘦小的兒子的手——男孩的手就這麼被囚在、握在石匠的手中——大步經過走道，經過那些形狀冷硬的大理石，經過那兩尊天使所在的走廊，然後下了樓梯，經過那些坐在台階上的馬車車夫。

他倆穿過那片水花張出的虹彩，穿過廣場，走到對面後再徑直朝著糖果店而去。男人身上還掛著那件長長的圍裙。他沒有停下來脫掉這件長長的條紋圍裙，他也依然牽著葛洛佛的手。他打開紗門，一腳踏進店裡。「把郵票還給他。」他說。庫洛克先生自櫃檯後方左搖右晃地往前一盪，那不苟言笑、步步為營的表情似乎添了幾分笑意。「一切都是因為……」他說。

「把郵票還給他。」男人說，並將幾枚硬幣扔到櫃檯上。

庫洛克先生左搖右晃地盪開，拿了郵票再左搖右晃地盪過來。「我真的不曉得——」他說。

石匠取走郵票，把郵票交給孩子。庫洛克先生則收下那些硬幣。

「一切只不過是——」庫洛克先生說——微笑著說。

穿著圍裙的男人清了清喉嚨。「你沒當過父親。」男人說。「你從不知道做人父親的感受，也無法體會孩子的心情。所以你才會那樣對待他。但你已經得到了報應。你已經被上帝詛咒了。祂要折磨你。祂讓你像現在這樣瘸腿、無子無後——就像現在這樣瘸腿、無子無後、悲慘痛苦，躺進棺材之後就被人忘得一乾二淨。」

而庫洛克先生的妻子只是不斷搓揉那雙纖細的小手，苦苦哀求著：「噢，不——噢別那麼說，求求你，請你不要那麼說。」

石匠走出糖果店；他仍喘著粗重的大氣。光再次走進白晝。

「好了，兒子……」他說，並將手貼在男孩的背上。

「好了，兒子……」他說。「別再難過了。」

他們走過廣場。那片張著虹彩的水花潑灑在他們身上，那匹老馬舔弄著飲水槽裡的山泉。「好了，兒子……」石匠說。

然後，那匹老馬沿著斜坡而下，蹄在鵝卵石上奏出足音。

「好了，兒子……」石匠又說。「要當個好孩子。」

然後他自顧自地走著，不一會兒便邁開大步，走回自己的鋪子。

悵然若失的男孩站在這座廣場上，緊挨著他父親鋪子的走廊。

「這就是時間。」葛洛佛心想。「這就是葛洛佛，這就是時間——」

一輛車轉了個大彎駛進廣場。那車尾張貼廣告的薄板上有張海報，海報上寫著「聖路易斯」、「遠足」、「博覽會」。

廣場上，光來了又走、走了又來，而葛洛佛就站在廣場上靜靜思忖著：「這兒就是廣場，這兒有葛洛佛，有父親的鋪子，這兒有我。」

PART II

II

……那天我們途經印第安納，一路前往——你當時還太小啦，孩子，應該記不得這事兒了——我老想著那個早晨，葛洛佛在我們坐車途經印第安納，一路前往博覽會時的模樣。這一路上，蘋果樹都開花了。那是個四月天，所有的樹都開花了。印第安納時逢初春，景物也開始有了綠意。我們家那頭當然沒有印第安納那種農場。那種農場是不可能出現在我們住的山上的。葛洛佛呢，不消說，也從未見過那樣的農場。我想他這孩子是打算用心欣賞，大飽眼福一番。

於是他坐在位子上，鼻子緊緊貼著窗戶向外望——我永遠忘不了他坐在那兒望著窗外的模樣——他動也不動地望著。他的樣子是多麼認真，多麼認真地望著窗外的景色——他從不曾見過那樣的農場，他要好好看個夠。那整個早晨，我們傍著沃巴什河而行——就是那條流經印第安納，還被寫成了歌的沃巴什河。是的，我們那個早晨就傍著這條河一路前進，你們這幾個孩子就在這趟行經印第安納的旅途上圍著我團團而坐。我們要去聖路易斯，去博覽會。

你們幾個一直在走道上跑來跑去——不，不對，欸，是呀，你當時還太小了；你那年才三歲大，我是不會讓你亂跑的。不過你的哥哥姊姊確實不停在走道上跑來跑去，將臉湊上一扇又一扇的車窗。他們一下跑到左邊、一下跑到右邊，發現了什麼新鮮事兒就會放聲吆喝，趕忙叫其他人也過來瞧瞧。他們一路上都試著眼觀六路，恨不得背後也長了眼睛似的。你瞧，孩子，這是他們頭一回到印第安納，所以我猜這幾個孩子都覺得眼前的一切是多麼陌生、多麼新奇呢。

他們好像怎樣都看不過癮似的，好像一刻都靜不下來。他們來來回回不停地跑來跑去，還不斷衝著對方大呼小叫。後來我終於開口：「我敢說！孩子們！我從沒見你們這麼激動過！」我說：「看看你們，一直跑來跑去，一刻也靜不下來——可真讓我大開眼界了。」我還說：「你們這些精力到底是打哪兒來的？」

你瞧，他們應該都因為這趟聖路易斯之行而興奮得不得了，也對這一路上的景物充滿了好奇。他們多麼青春，在他們眼裡，一切都好陌生、好新奇。他們克制不了自己，就是想看遍窗外的風景。但是——「我敢說！」我告訴他們。「你們這幾個孩子再不坐下歇一會兒，可沒那個力氣一遊聖路易斯和博覽會！」

葛洛佛卻不然！他——不，先生！唯有他例外。聽著，孩子，讓我告訴你——我一手將你們這群孩子拉拔長大——我看著你們漸漸長大，然後一個個離鄉背井、出外打拚——你們全都是腦袋靈光的聰明人，欸，不是我要說，我生的孩子沒有一個是傻瓜——可不是嘛！我總說你這孩子聰慧得很……那些人今兒個才來拜訪我，還大大誇讚你有多聰明。這讓我想到你是怎麼出人頭地，怎麼像俗話所說「一舉成名天下知」——但我不動聲色，你知道的。我只是靜靜坐在那兒，隨他們講。我不會把你誇得天花亂墜——他們要大肆吹捧你，那是他們的事兒。我這輩子從不在外人面前誇耀自己的孩子。當初爸拉拔大夥兒長大，就再三訓勉我們，有教養的人是不會拿親人來說嘴的。「要是外人想誇上幾句——」爸說。「就讓他們誇去。千萬別出言附和，也絕對不要顯露一絲絲了然於心的表情。就閉上嘴，讓他們說去。」

所以說，當他們來拜訪我，還在我面前提起你所有的成就，我完全不動聲色。我連一個字都沒回。欸，可不是嘛！

——是，你瞧，就在這兒——哦，大約一個月前吧，這位小哥——是位穿著講究的人，你知道——那樣子頗有幾分書卷氣，看上去也算個有頭有臉的人物——他來拜訪過我。他說自己是打紐澤西來的，還是遠從那個地方的什麼地區來啊⋯⋯他問了我林林總總的問題，比方你小時候是個什麼樣的孩子之類的問題。

我呢，就假裝仔仔細細前思後想了一番，然後說：

「唔，是的。」——我擺出好不正經的樣子，你知道——「欸，是啊，我想我多少知道他的一些事情——他畢竟是我的孩子，正如其他幾個小孩也是——我是怎麼帶大其他那些孩子，就是怎麼將他教養長大的。他——」我說——哦，我當時的態度好不嚴肅呢，你知道——「他小時候並不是個壞孩子。當然呀——」我說。「他在十二歲之前，就跟我其他幾個孩子差不多——就只是那種普通而正常的好孩子。」

「喔。」他說。「但您都沒看出什麼跡象嗎？他難道沒有任何不太尋常的表現？」他說。「任何有別於您在其他孩子身上發現到的特出之處呢？」我沒透露一點口風，你知道——我只是靜靜聽著對方說，並擺出一副極其嚴肅的樣子——我就擺出一副極其嚴肅的樣子，假裝仔仔細細前思後想了一番。「啊，那當然是沒有的。」我說，一個字、一個字慢慢地說，就在我徹底思索過後。「他就跟我其他幾個孩子一樣有雙好眼睛、一個鼻子一張嘴，也有兩條胳臂兩條腿、一整頭的頭髮，手指和腳趾的數量也跟他們的一樣標準——現在想來，他小時候要是在這些方面有別於他的哥哥姊姊，我應該馬上就注意到了。不過，就我記憶所及，他就是那種乖巧、平凡、正常的男孩，就跟我其他幾個孩子沒有兩樣——」「是的……」他說——哦，他非常激動，你知道——「但他難道不聰明嗎——您難道不曾看出他有多聰明——他絕對比您其他幾個孩子都要聰明吧！」「嗯，這個嘛……」我說，也不忘裝出仔細思量的樣子。「讓我想想……有了——」我說。我就直視著他的眼睛，用正經八百的態度回答。「他在學校表現得相當不錯。從沒留過級。我從沒聽說他的老師會在課堂間罰他戴上『朽木不可雕也』的尖頂高帽。可話說回來……」我說。「我其他幾個孩子在學校也沒戴過那種帽子。說老實話，我沒有要誇讚他們的意思。我不認為誇讚自己的孩子是件好事。如果有人想誇我的孩子多好多聰明，那是他家的事兒；我們既平凡又普通，從不敢妄稱自己有多麼與眾不同。但這種話，我還是能替他們說說的——他們每個人生來都有一定的悟性與才智。他們或許誰也不是天才，可一個個都是頭腦清醒，能夠隨機應變的孩子。也從來沒有人建議我把哪個孩子送到弱智兒童之家照顧。好了——」我說，直視著他的眼睛說，你知道。「這話聽起來或許沒什麼大不了，卻已經超出我平時會為一些熟人說的好話了。嗯……」我說。「嗯，是啊……」我說。「我想他確實是個挺聰明的孩子。他這點一直讓我無可挑剔。他是夠聰明

——」我說。「唯一的問題就是——這點我跟他提過上百遍了，所以我現在講的可不是他從沒聽過的事兒——他唯一的問題——」我說。「就是太懶惰。」

「懶惰！」他說——哦，你真該看看他當時的表情，你知道——他嚇了一大跳，好像讓人用針戳著似的。「懶惰！」他說。「哎呀，您該不是打算告訴我——」

「是的。」我說——哦，我從頭到尾都沒笑——「上回我見著他，也跟他說了同樣的話。我跟他說，他是何其幸運，有這能說善道的本事。當然，他上過大學，也念過不少書；我想那些人說他擁有所謂『流暢的語言』，應該就是這麼來的吧……不過，正如我上回見著他時對他說的：『聽我一句

——』我說。『你能像現在這樣依靠輕鬆愉快，犯不著揮汗如雨的工作養活自己——』我說。『真的非常幸運。畢竟你的親戚裡沒有一個人——』我說。『能像你這般幸運。他們一個個為求溫飽，都得辛苦地勞作。』」

哦，你瞧，我告訴他了。我當場就挑明了告訴他，毫不掩飾地告訴他。而且，你知道嗎——我真巴不得你能看看他當時的表情。他那表情實在太有意思了。

「我說——」最後，他開口。「您不得不承認，對吧——他就是您所有孩子中最聰穎的一個，對不對？」

而我只是瞧了他一會兒。這下子，我必須講出真話了。我不能再這麼愚弄他了。「不。」我說。「他確實是個聰明的好孩子——他這點一直讓我無可挑剔——但要說我最聰明的孩子，那個在悟性、理解力和判斷能力都贏過我其他小孩的孩子——我最出色的孩子——我這輩子見過最聰明的孩子——則是你不曾認識的那位——你從沒見過的那位——我那已逝的孩子。」

他看了看我。片刻之後，他開口說：「是您的哪一位孩子呢？」

我試圖告訴他。可當我試圖說出「聖路易斯」，這幾個字就是脫不出口。孩子，孩子呀，我又憶起那可憎的地名——那地名還是那麼可憎，就跟以前一樣啊。我說不出口。我一聽到那個地名就痛得無法承受。事隔三十年——甚或更久？——

每當有人對我說起那個地名，或只要我在什麼地方聽到那個地名，那段往事便會浮上我心頭。那種感覺就跟舊日的惡瘡再度裂開一樣——我沒辦法，事情永遠這個樣兒。孩子，孩子呀……當我又想起那個地方，當我正打算告訴這位先生實情，我也憶起了那段往事。我開不了口。我必須撇過頭去。我想我是在哭。

因為，每當我想到那個老地名，就會看見他在我們坐車途經印第安納，一路前往博覽會的那個早晨，是多麼認真地坐在那兒，還把鼻子緊緊貼在車窗上的模樣。路上的蘋果樹都開花了，桃樹也是，每一棵都開花了。那一路上的樹、一路上的景物，都在我們順著沃巴什河前往博覽會的那個四月天綻放著花朵。

而葛洛佛就坐在位子上，那模樣一動也不動，好不認真——你其他幾個哥哥姊姊則興奮非常，老在車廂裡跑來跑去，還大呼小叫，一下喚誰來、一下喚誰去——可葛洛佛卻坐在那兒看著窗外，一動也不動。他就這麼坐著，跟個大人似的。他當時才十一歲半啊。孩子，孩子呀——他真的好乖，而且就像他去世那會兒報上說的，他的判斷能力可比那些年紀大他一輪的人——他是我這輩子見過悟性最高，也最富判斷力和理解能力的孩子。

而且呢，我說啊！——他在這麼個早晨坐在這麼一位紳士旁邊看著窗外的景物——欸，是的，我現在要告訴你的事情，便可證明——即可證明他那不凡的悟性與判斷能力。我們就坐在順著沃巴什河前行的列車上，你知道。我們已經翻山越嶺，進入了印第安納的州境，然後——哦，當然，他們那兒是不來吉姆．克勞法#那一套的——然後車廂的門一開，他便走了進來，你知道，就提著手提袋大搖大擺地走至通道中間，彷彿這車廂就是歸他所有——欸，就辛普森．費瑟史東那人高馬大、膚色暗黃的黑痲子——屆時到了聖路易斯，我們就得靠你爸保護了——哦，他昂首闊步走了進來，接著多麼不知輕重、明目張膽地脫下身上的大衣，將手提袋放到行李架上，然後大大方方坐了下來，一點兒也不拘束。乖乖，好像整條鐵路都是他的一樣。當然啊，沒錯，我們當時是在印第安納，而當地並沒有禁止有色人種與白人乘坐同一車廂的法令。於是乎，就在我們進入印第安納州境之時，這恬不知恥的黑鬼也從後頭的黑鬼專用車廂進入了我們的車廂——哎呀，好個沒分寸的傢伙！「唔……」我暗自忖道。「要是他膽敢覺得可以這樣為所欲為下去，我可要好好修理他！立刻叫他明白這個國家都是誰在作主！」所以我出聲叫了叫他。我雖然曉得他在打什麼歪主意，但我沒有表現出來，只是像個法官嚴肅地對他說：「辛普森——」我說。「我想你搞錯了。」「不，夫人

指美國南方於一八七七年至一九六五年施行的種族隔離法律。

——」他說——哦，一副眉開眼笑的樣子呢——「咱啥也沒搞錯，艾莉莎小姐。」「哦，有的，你搞錯了。」我說。「你何不看看四周，瞧瞧自己身在何處？好了——」我直視著他的雙眼。「還不快起來，趕緊帶著你的行李從那條過道回到你們的車廂，回到你該坐的座位上。」「哦，不，夫人。」他說，還露出了牙咧嘴笑著。「咱不需要回那節車廂。」他說。「咱現在到了印第安納，咱愛坐哪兒就坐哪兒。」

接著，葛洛佛起身往回走，還直直瞧著他的雙眼。「不，你不能這麼做。」他說。「為什麼呢？是什麼原因讓咱不能這麼做？」辛普森．費瑟史東說。他看著葛洛佛說話，好像有點驚訝的樣子。「欸，葛洛佛先生，法律說咱可以這麼做。」他回道。葛洛佛便看著他說：「這兒的法律或許如此，我們的法律卻大不相同。我們不是這麼做事的，你也不是這麼做事的。沒錯，這點你心知肚明。」葛洛佛說。「因為你受的是全然不同的教養。現在請你站起來，照媽媽說的回到你該坐的車廂去。」

你真該瞧瞧那黑麻子臉上的表情。我後來想到這事兒，還會忍不住哈哈大笑呢。當然啦，他尊重葛洛佛的判斷，一如每個人都尊重葛洛佛的判斷——他知道葛洛佛說得對——所以他站了起來，先生，他隨即站了起來，先生，沒說第二句話。他拎起自己的手提袋和大衣，順著過道快步離開我們的車廂，回到他原本的車廂，他真正該坐的地方。這個時候，那位坐在葛洛佛旁邊的紳士轉過頭來，朝我點了點頭。「我說啊——」他告訴我。「好個了不起的孩子。」當然，他看出來了，你知道。他是個明眼人。他能看出葛洛佛比絕大多數的大人都要有品有格，而他沒看走眼。

所以他就坐在那兒，你知道嘛，那個早晨，葛洛佛就坐在位子上看著窗外的沃巴什河，看著我們看到的一座座農場。因為，我想，他長這麼大還沒見過那樣的農場——我仍記得他坐在位子上看著窗外景物的模樣。我仍記得當時他那頭烏黑的髮、那雙瀝青似的黑眼睛，還有他脖子上的胎記——我生的孩子裡，就你跟葛洛佛是黑髮黑眼睛，其他人生來都是一頭輕盈的金髮、灰色的眼睛，就像他們的父親。但你和葛洛佛長得就像彭特蘭家族的人，就像他們的黑髮黑眼睛，就像黑髮黑眼睛的亞歷山大和彭特蘭家族的人。你跟你李舅舅簡直是一個模子刻出來的，但葛洛佛的髮色、眼睛的顏色，又比你們倆來得黑。

所以，葛洛佛就坐在這位紳士旁邊看著窗外的景物。然後他轉過頭來，開始問這位紳士各式各樣的問題——那是什麼樹啦、那頭種了什麼作物啦、那些農場有多大啦——各式各樣的問題，而這位紳士也能應答如流，直到我開口：「哎呀，我敢說，葛洛佛！你不該提這麼多問題的。你會擾了這位紳士的清靜。」我在擔心，你知道，我怕這名紳士會因為葛洛佛東問西問而感到煩不勝煩。

這位紳士立刻仰頭大笑，開懷地大笑。我不曉得他有何來頭，也不曾請教他的大名，不過他看上去一表人才，還非常喜歡葛洛佛的樣子。我說啊，他立刻仰頭大笑，並告訴我：「您別操心這個小傢伙。他不礙事兒。」他說。「小傢伙一點都沒打擾到我。我若曉得他問題的答案，便會回答他；不知道的話，也就如實告訴他便是。小傢伙不礙事兒。」他說，還伸出手臂摟住葛洛佛的雙肩。「您就別管他了。小傢伙完全沒有打擾到我。」

我依然記得他當時的模樣，他那雙黑眼睛、那頭黑髮，以及他脖子上的胎記——他那如此沉靜、嚴肅，又那麼認真的模樣。他就這樣看著窗外的蘋果樹、農場、穀倉、屋舍和果園，將看得見的一切盡收眼底、心裡，因為，我想，這一切對他來說是那麼陌生而新奇。

孩子，孩子呀，這都是好久以前的事了，但當我又聽見那個地名，這段往事便會浮上我心頭，彷彿昨天才發生過一樣歷歷在目。而今，那道舊日的惡瘡又裂開啦。我能看見他當時的模樣，就我們一路傍著沃巴什河，為了前往博覽會而行經印第安納的那個早晨，他映在我眼中的模樣。

PART III

……你還記得他長什麼樣子嗎？……我是說他那塊胎記，他的黑眼睛，他那茶青色的肌膚……但你當時應該還很小……我前幾天才在看那張舊照片……知道我說的是哪張照片嗎？——就我們一起在伍德森街的那棟房子前拍下的全家福照呀……不過，照片裡沒有你……你沒入鏡……你根本還沒出生呢……你記得我們以前總愛消遣你，說你當時還是晾在天堂裡的一條洗碗布，所以老是錯過家裡的大事，然後你就會因為我們這番話而氣得咬牙切齒？……呵呵呵呵呵……

……你是家裡的小寶貝……正因為你是家裡的小寶貝，大夥兒才會這麼逗你的……你當年沒入鏡，對吧？……呵呵呵呵呵呵……我前幾天才在看那張舊照片……大夥兒都在呢……而，天啊，這一切又是什麼意思？……你可曾有過這種怪怪的感覺？你懂我的意思——你可曾覺得這一切也太莫名其妙了？或者，你有思考過這些事情嗎？……我是說，你可曾回、回、回想……你懂我的意思——當你試圖將這些事情理出個頭緒來……欸，有想過嗎？……好了，我想聽聽你的看法……你上過大學，理當曉得這問題的答案才是……告訴我吧，你有好好思考過這種問題嗎？……因為我想聽聽你的看法呀——你懂我的意思嗎？……如果你知道答案，希望你能告訴我……

……呵呵呵呵。

……我明白，但……天啊，當我不時想起以前的自己……你可曾停下手邊的事兒，專心思考這種問題？……現在，就讓我問問你吧……我們以前都是些什麼樣的人，我們當時的模樣……我現在很想知道……我現在三不五時就會想起過去曾懷抱的許多夢想……我彈鋼琴，每天練上七個鐘頭，老想著哪天能成為一名偉大的鋼琴家……我跟奈爾阿姨學唱歌，因為我覺得自己日後會在歌劇界闖出一片天……呵呵呵呵……你能相信嗎？……你能想像嗎？……呵呵呵呵……我！唱著大歌劇的我！……呵呵呵呵……好啦，我想問問你……我想聽聽你的看法……

……你現在弄清楚了嗎？……你是否已經知道答案了？……因為，如果你知道答案，希望你能告訴我……主啊！當我走在城外的街頭，看著許許多多打扮滑稽的少男少女在藥房附近閒蕩……我總會納悶……我是説，瞧瞧這些人一張張滑稽的臉蛋……還有他們那些滑稽的對話……你想我們以前就是那個樣子的嗎……我是説，這些打扮滑稽、難稱體面的少男少女……你覺得我們以前就和他們一樣嗎？……和他們一樣滑頭滑腦地談天説笑，你知道……那個詞是這樣用的嗎？……你懂我的意思？滑頭滑腦……這會讓你懷疑……你覺得那些少男少女除了在藥房附近閒蕩、滑頭滑腦地談天説笑，可曾想過其他的事兒？……我現在倒想瞭解一下……你認為這些少男少女裡頭，有幾個會像我們這樣胸懷大志？……你覺得那群打扮滑稽的少女中，又有誰夢想著靠歌劇演出而飛黃騰達？……你沒看過我們那張舊照片嗎——我們拍那張照片的時候，你應該還沒出生……但我前幾天才在看那張舊照片……那照片是我們在伍德森街街尾的那棟老房子前拍的；爸爸穿著他那件燕尾服站在那兒，媽媽則站在他身旁……還有葛洛佛和班、史蒂夫、黛西跟我，一個個踩著腳踏車的踏板……至於路克，那可憐的孩子，他當時才四、五歲大。他不像我們都有自己的腳踏車。呵呵呵呵……但他也在。大夥兒都在，而且……

是啊，我也在，就撐著兩隻細得可憐的竹竿腿，穿著白色的長裙，紮著兩條垂落在背後的麻花辮。大夥兒都穿著好不滑稽的衣服，衣服上都繡著怪不溜丟的圖案。奧利・甘特也在，就穿著他那套美西戰爭的軍裝站在媽媽和爸爸的旁邊……差不多就是那個時候拍的吧，你不記得穿著軍裝的奧利了嗎？……不，你當然不記得。你還沒出生呢。

……不過，雖然這麼說怪難為情的，我們大夥兒看上去還是那麼漂亮。八六線那面老路牌也入鏡了，還有我們的前廊、葡萄藤、屋前那一簇簇的花壇……艾莉莎小姐就站在爸爸身邊，腰際還別著一只錶墜……呵呵呵呵……你還記得媽媽和她那只錶墜嗎……還有艾咪・帕特里奇小姐、馬加比家族姊妹會……呵呵呵呵……我不該笑的，但艾莉莎小姐……欸，媽媽當年可是風姿綽約的美人呢……你明白我的意思嗎？我說艾莉莎小姐以前可是個端莊賢淑的美人，然後爸爸就穿著燕尾服站在她的身旁。你還記得以往每逢週日，他總要盛裝打扮一番嗎？……而我們也總覺得他真的好有派頭……還記得他會讓我拿出他的錢，算算共有多少……我們總以為他有花不完的錢……而廣場上那間又小又破的大理石鋪子，在我們眼中又是多麼恢宏美好……呵呵呵呵……現在，你能相信嗎？……我們之所以認為爸爸就是鎮上最有分量的人，而且……不，不是這樣的！不是這樣的！爸爸自然有他的缺點，但爸爸是個了不起的人。這你是知道的！

……還有班和葛洛佛、黛西、路克跟我……我們全都排排站在那棟房子前，一個個單腳踩在腳踏車的踏板上……然後我開始回想過去的一切。然後我全都想起來了。

……他真是個討人喜歡的孩子。你還記得他嗎？你可記得關於他的一點一滴？你可記得他在聖路易斯時的樣子……你當年才三、四歲，可你應該多少有點印象才對……還記得我每次要幫你擦澡的時候，你都會大哭特哭嗎？……呵呵呵呵呵……你還記不記得這事兒？……你難道忘了我都怎麼把你放進澡盆，然後幫你擦洗身子時，又好像要把你從頭到腳的皮都給剝下來似的……還記得你都怎麼哭著喊葛洛佛嗎？……呵呵呵呵……可憐的小東西，我一把你放進澡盆，你就會開始放聲大叫，吵著要葛洛佛過來呢……呵呵呵呵呵……

那個時候的我，就像在媽媽的屋子裡幹活兒的小丫頭……我刷慣了地板，所以把你抱進澡盆之後，也不由自主地把你當成房間的地板刷洗了吧……呵呵呵呵……你都不記得了嗎？……一點印象也沒有？……

這麼多年過去，這事兒我一直到前幾天才總算回想起來，接著便瞧見那張舊照片，繼而憶及那一段往事……那個時候，葛洛佛在博覽會展場外的「內部酒店」工作……

……你還記得內部酒店嗎？……就是包在整個博覽會園區裡的那棟舊式木造大房子啊……那你還記不記得，我總會帶你到酒店那兒等葛洛佛收工？……還有顧書報攤的肥嘟嘟老比利．培爾罕……記得他每次都會給你一條口香糖嗎？……呵呵呵呵呵……你記得比利・培爾罕和他的口香糖嗎？……

他們都愛死葛洛佛了……每個人都喜歡他……他真是一個討人喜歡的孩子……而最令葛洛佛洋洋得意的，不就是你嗎？……你忘了他都怎麼帶著你四處炫耀的？……記得他老是牽著你走來走去，還要你跟比利・培爾罕說說話嗎？……還有站櫃檯的寇蒂斯先生啊？……還有老被人叫做艾伯特王子的那位門僮？……可憐的艾伯特・福克斯，老是笨手笨腳的高個兒……呵呵呵呵……你不記得艾伯特・福克斯了嗎？……還有還有，葛洛佛一直想辦法要你張嘴說出「葛洛佛」三個字呢……可你就是說不標準……記得嗎，你偏偏發不出「ㄛ」的音……你都會說「葛厄伐」……你不記得了嗎？……你可不能忘了這事兒，因為……你那個時候，真是個可愛的小東西呢……齁齁齁齁齁……你懂我的意思？……看我，這話都說到哪兒去了，不過你以前真的是個人見人愛的小傢伙……呵呵呵呵呵……你萬萬不該忘記這事兒的。因為呢，孩子，我告訴你，你那個時候，可是號響叮噹的人物……

……我前幾天看著那張舊照片，也一邊憶及這些往日舊事……我們都怎麼跑去找他啦，他又怎麼帶我們上遊樂園玩的舊事……你記不記得那座遊樂園？……你記得裡頭的食蛇人和活生生的骷髏人、脂肪女，還有滑水道、觀光纜車跟摩天輪嗎？……你記得我們有天晚上帶你坐摩天輪，結果你怕得又哭又鬧的事嗎？……你聲嘶力竭地吼呢……我試著一笑置之，可我跟你說，我當時也一樣怕得要命……以前那個年代，摩天輪可不是什麼常見的玩意兒……但葛洛佛卻笑話我們，說摩天輪一點也不危險……主啊！我可憐的小葛洛佛。他當年還不到十二歲，在我們眼裡卻像個頂天立地的大人了……就是大他兩歲的我，也覺得這世上沒有他不知道的事……

那可憐的孩子總會帶些東西回來給我們——就用他在博覽會掙來寥寥可數的薪資，買些冰淇淋或糖果給我們……

……我想到和他進城的那個下午……我們倆應該是從家裡偷溜出去的吧……當時媽媽出門了……於是我跟葛洛佛搭上路面電車進城去……然後呢，主啊，我們當時還覺得是要去什麼不得了的地方呢……那個時候，這就是所謂的「旅行」了……那個時候，光是乘坐路面電車就是一件值得寫家書告父母的大事嘍……聽說那一區現在已是屋樓林立……

我們在國王公路上車，一路坐到聖路易斯的商業區……然後在華盛頓街下了車，開始四處走走看看……讓我告訴你，孩子，我們以為那樣就很不得了了。葛洛佛帶我進一間藥房逛逛，還請我喝了汽水。然後我們步出藥房，繼續在附近觀光。我們一直走到聯合車站，又一口氣走到了河邊……我和葛洛佛都被自己這番行為給嚇得半死，也不免納悶要是媽媽發現了這件事，到時候可會怎麼說。

……我們直到天色轉黑才決定離開，接著就經過一間小食堂……那是間老舊而殘破的小吃店，裡頭的椅子也舊舊破破的，上門的客人都窩在櫃檯前的凳子上吃東西……為了知道那些人都點了什麼來吃，又得花多少錢來吃，我們可是讀遍了所有的招牌……我想，菜單上沒有超過十五分錢的餐，可感覺就是氣派得不得了，就跟德爾莫尼科餐廳一樣氣派得不得了……我們倆鼻子緊緊貼著小吃店的窗戶，兩雙眼不斷朝店裡瞧了又瞧……光是這麼瞧著，我們這兩個嚇得半死的瘦巴巴小孩就感到無比激動呢……你懂我的意思嗎？……我們使出吃奶的力氣拚命吸聞那些食物的味道，覺得那些餐點香得不像話……接著，葛洛佛將頭朝我一擺，小聲地說：「走啦，海倫……我們進去啦……菜單上一道豬肉燴菜豆是十五分錢……這錢我有。」葛洛佛說……「我身上有六十分錢。」

……我當時都嚇到魂不附體了，根本說不出話來……我從沒進去過那種地方……可我老想著：「主啊，要是被媽媽發現了，那還得了……」我那時候的心情，就好像準備跟葛洛佛去幹什麼罪大惡極的壞勾當似的……你明白我的意思吧？你也懂這種小孩子的感受吧？這種激動不已，畢生難忘的感受……我無法抗拒。於是我們倆走進小吃店，坐上安在櫃檯前的高腳凳，然後點了豬肉燴菜豆和咖啡……我想我們真的是被自己這些舉動嚇傻了，根本沒辦法盡情享用。我和葛洛佛只是把食物一股腦兒地往嘴裡塞，再大口灌掉各自的咖啡。不曉得是不是我們太過激動的緣故……我猜那可憐的孩子已經病了，只是當時渾然未覺。可我轉頭看向他的時候，他一張臉死白而無血色……我就問他怎麼了，他卻怎麼也不肯告訴我……他太有骨氣了。他說他沒事兒，但我看得出來，他病得一塌糊塗……然後，他就付了帳……一共是四十分錢……四十分錢，我一輩子也忘不了……果不其然，我們只能勉強走出小吃店那扇門——他人還來不及走到路邊，一切就發生了……

那可憐的孩子感到又驚恐又羞愧。他如此驚恐的原因並不是他吐了滿地，而是他花了這麼筆錢吃下的東西，竟都化為烏有了。而且媽媽準會發現這件事……可憐的孩子。葛洛佛只是站在原地看著我，然後輕聲地說：「噢海倫，千萬別告訴媽媽。她知道了一定會氣壞的。」我們匆匆忙忙趕回家，到家時，他正發著高燒。

……媽媽早就在家裡等我們了……她看著我們兩個——你知道艾莉莎小姐一旦認定你做了不該做的事兒，就會用什麼樣的眼神看你吧？……媽媽說：「我說，你們這兩個孩子究竟野到哪兒去了？」——我猜她已經準備要揍我們一頓了。接著，她看了葛洛佛一眼。一眼就夠了……她說：「天啊，孩子，你這是怎麼了！」——她的臉也變得蒼白如紙……而葛洛佛只回了一句：「媽媽，我不太舒服。」

……他癱倒在床上。我們幫他脫下外衣，然後媽媽將手貼在他的額頭上一摸。後來她走到門廳來——她的臉蒼白到你用粉筆在上面一畫，都能留下黑色的痕跡——她低聲告訴我：「快去請醫生來，他燒得好厲害。」

我就衝上街去，雙腿直奔帕克醫生的家，我那兩條麻花辮還在身後飛揚。我把醫生請來了。醫生走出葛洛佛的房間後，我就聽到他跟媽媽說：「是傷寒。」……我想她早有準備了……我想她很清楚……他以前就染過一次傷寒。她始終沒放棄，一直照護他到最後……她從不會讓我們察覺到她的絕望……但她當時就非常清楚了。她很清楚。

……我看了看她。她那張臉蒼白如紙。她也看了看我，就像看著無形的空氣一般看著我……她從不會正眼瞧我。然後，我聽到她喃喃唸著「走了……要走了」之類的話。噢，我的老天啊，我永遠忘不了她當時的表情、她這句話的口氣，我永遠忘不了自己的心臟好似瞬間停止了跳動，然後翻入我的喉頭……可憐的媽媽……在那棟老舊的寄宿住房裡，我不過是個被使喚來、使喚去的小丫頭。我只是個又瘦又小的十四歲孩子。可我知道她正在我的面前慢慢死去……我知道那個當下，我所見到的就是死亡。我知道她就是活到一百歲，也平復不了這心中的悲痛，她一輩子都放不下這事兒——這件每當她想起，就有如慢慢死去一般的事兒。

……可憐的媽媽。你知道，她的心情始終沒能平復過來。他向來是她的心頭肉，她把他看得比我們這幾個兄弟姊妹都重，然而……可憐的葛洛佛！……他是那麼討人喜歡的孩子。我還能看見他一臉死白地躺在床上，還記得他在後來的幾個禮拜裡，躺到皮裡走肉，瘦得不成人形。

……我前幾天看著那張舊照片，這些舊事也一一浮現在眼前。我想著，老天啊，我和葛洛佛當年都只是個孩子，僅只相差兩歲的孩子……如今，我四十六歲了，葛洛佛還活著的話，現在也四十四歲了呀……你能相信嗎？你能想像嗎？……主啊，當年的葛洛佛在我眼中就像個頂天立地的大人。他是那麼安靜的一個孩子……你明白我在說什麼嗎？他明明只是個孩子，感覺起來卻比我們這些兄弟姊妹都要老成。

……而當我想起當年和葛洛佛兩個人的滑稽樣，想起我們將鼻子緊緊貼在那間老舊又簡陋小吃店的窗玻璃上……想起這一切看起來是如此自然、如此刺激、如此美好……想起我們有多怕媽媽發現這件事……想起我們匆匆忙忙趕回家，想起他的臉有多麼死白，而這一切又是多久以前的事……僅僅一張照片，就喚醒了我這麼多的回憶——那寄宿住房、聖路易斯、博覽會……那些回憶的片段歷歷在目，好像一切都是昨天才發生過的事情……然後一晃眼，我們這幾個孩子都長大成人了，我也四十六歲了。然而眼前這一切卻與我當初設想的天差地遠……我那些希望、夢想、遠大的志向，全都成了泡影……

接著，那些畫面又再次湧進了我的腦海……兩個滑稽小傢伙心驚膽跳地共闖聖路易斯，還將鼻子緊緊貼在一家廉價小吃店的窗玻璃上……以及葛洛佛脖子上的胎記……你還記得他的模樣嗎？你可記得那棟房子——我們當時住的那棟房子又是什麼樣子？……他去世的那個晚上，我還特地把你帶到他面前，讓你再看看他……就我們曾經住的那棟老房子，佇立在街角的老房子呀……那房子裡的食物儲藏室，那食物儲藏室的味道……還有房客，還有聖路易斯，還有博覽會……

都多久以前的事啦，遙遠得恍如隔世。然後，這些往事一一浮上我心頭，彷彿昨日才發生過那般歷歷在目……有些夜裡，我會睜著眼躺在床上，淨想著那些來了又走的人，那些發生過的事。我會想著，怎麼每件事情都和我們原本想的差了十萬八千里……我會聽見順著沃巴什河駛過的火車聲，也會聽見汽笛聲和鈴響……然後想著一九〇四年的我們是如何前往聖路易斯……

然後，我會出門上街，看著一個個與我擦身而過的路人的臉……不覺得他們看起來都好滑稽嗎？你難道沒看見那些人眼裡映著某種古怪的東西，就好像他們所有人都為了什麼事在大傷腦筋？……我是不是瘋了呢？或者，其實你懂我想表達的意思？……來，你畢竟是上過大學的，讓我聽聽你的看法吧……如果你知道這些問題的答案，希望你能告訴我……我指的是他們臉上那滑稽的表情，眼裡那古怪的神韻……你現在聽懂我在說什麼了嗎？……他們在你眼中，也是這個樣子的嗎？

……你小時候可曾注意過這種事？……

天啊，我多想找到這些問題的答案……我好想知道這一切究竟出了什麼錯……到底有什麼東西從那個時候就開始變質了……還有，我們在那些人眼裡，是否也映著同樣的神色……

我們是否也變了……我們眼中是不是也呈現出同樣滑稽而古怪的東西……這又是否會發生在我們大夥兒身上，發生在每一個人身上……

……事情的發展完全偏離我們當初設想的樣子……然後又漸漸逝去，變得好像從未發生過……好像那些都只存在於我們的夢境……你現在聽懂我的意思了沒？……就好像那些都只是我們從別處聽來的，都只是他人的遭遇……接下來，我們才會再度憶起事情的全貌。

……接下來，你就會看見三十年前，那兩個滑稽而驚恐的瘦小孩子將鼻子貼在一塊髒兮兮的窗玻璃上……你會記起當時的感受、當時的味道，就連我們當時住的那棟房子裡，充斥在老舊食物儲藏室中的怪味也一併浮現了。還有屋前的台階、那些房間的模樣。還有總愛在屋前騎著三輪腳踏車兜來兜去，那兩個穿著水手服的小男孩……還有他脖子上的胎記……內部酒店……聖路易斯、博覽會……那些舊事一一湧現，彷彿一切都是昨日的種種。然後，那些畫面又自我眼前離開，而且漸離漸遠漸顯陌生，叫人連是或不是夢境，都分不清楚了……

PART IV

IV

……「這條就是國王公路。」其中一個男人說。

於是我抬頭一看，卻發現眼前只是條街罷了。這兒是有幾棟新蓋的大樓、一間大飯店、幾家餐館，還有摩登入時的「燒烤酒吧」、只會閃著烏青色燈光的單調霓虹燈和川流不息的車輛——這兒是多了這些新東西，但這兒仍舊只是一條街。我是知道的，這兒從以前到現在就是一條街，只是一條街罷了——可是，不知怎的——我站在這兒望著這條街，不明白自己還指望能望出什麼名堂來。

男人不斷用疑惑的眼神看著我，然後我問男人，博覽會是否就往這頭走。

「當然，當年的博覽會就在那頭。」對方答道。「那兒現在是公園了。不過，你要找的那條街呢？——你不記得街名什麼的了嗎？」男人說。

我說在我印象中，那條街應該叫埃吉蒙特街，但我不大確定。總之就是類似這樣的街名。我告訴他那房子就在那條街與另一條街交會的街角。接著，男人說：「你說的另一條街叫什麼名字？」我說我不清楚，不過我知道那房子就在那條街的街角，離國王公路約莫一個街區遠，還有條市際交通電車線會在我們曾住的那棟房子大概半個街區外穿行。

「你說什麼線？」男人問，一雙眼緊盯著我不放。

「市際交通電車線。」我說。

然後他又瞪大了眼看我，也瞧了瞧與他同行的男人。過了好一會兒，他才說：「我沒聽過什麼市際交通電車線。」

我說那條電車線會開過一些房子的後方，附近都架了木籬笆，電車軌道旁都長滿了草。我說那條線似乎就從一些房子的後方直直開了過去。可我就是說不出那個時候是夏天，能聞到枕木的氣味，一種木頭和著煤焦油的氣味，待電車駛過，還能感覺到午後一種悵然若失的空寂。我只說那條市際交通電車線就鋪在一些房子的後院與老舊的木籬笆之間，而國王公路就在一兩個街區外。

我沒說彼時的國王公路其實算不上一條街，而是靠某塊晦暗、陰森的土地散發出來的魔法交纏而成，既鋪著〈吹笛人的兒子湯姆〉、熱騰騰的復活節十字小餐包，有來了又走、走了又來的光，有踏遍山間的雲影，還有早晨行經印第安納的旅途、火車頭濃煙的氣味與聯合車站的馬路，更是充滿一道道喚著「國王公路」那已逝的，遙遠又久遠之聲的馬路。

我沒說國王公路具有的這些面貌，因為當我環顧四周，便看見了國王公路如今的模樣。如今，國王公路就是一條街，一條寬廣、交通繁忙的街，一條多了幾間飯店與亮得刺眼的街燈，車流如龍，不停湧動的街。我能說出口的，只有那條街就在國王公路附近，就在某個轉角處，就與那條市際有軌電車線相去咫尺。我說那房子是棟石造房屋，我說那屋前鋪著石階，還有條長長的草坪。我說那房子的一角應該有座小塔樓，但我不大確定。

這兩個男人又看了看我。其中一位說：「這條就是國王公路，但我們壓根沒聽過你說的那條街。」

於是我離開他們繼續前行，找到了要找的地方才停下腳步。於是，我又一次，又一次拐進這條街，也看見那兩個轉角交會之處，那建物鱗次櫛比的街區，以及那座小塔樓，那石階。我稍停一會兒，並回首一望，彷彿這條街就是時間。

於是，在這一時半刻裡，我就在這兒等著一聲招呼、一扇會開啟的門，等著那孩子朝我走來。我等著，可是沒人出聲招呼，沒人走來。

不過這個地方還是老樣子，只是門前的台階比我記憶中低了一點，門廊看起來沒那麼高，那條長長的草坪也比我所想略窄了些。但其他的部分完全吻合我認知的模樣。玄武石的門面、共高三層的結構、斜斜的石板瓦屋頂、砌著紅磚和闢了窗的側牆，而那道醫生專用的老舊拱門，也依然立於側牆的正中央。

屋前有一棵樹和一條燈柱，屋後和屋旁也種了樹，而且數量比我印象中來得多。石板小塔樓那幾面山牆，與石板窗全部的三角面都有尖尖的銳角，起居室則有兩扇拱窗嵌在堅固的石塊中。小小的石造門廊上雕著花樣，一旁山牆的石板即是門廊的廊頂。

這房子看上去好結實、好堅固、好醜——除卻那石階和草坪，這房子的一切竟如此歷久不衰，如此完好，如此符合我記憶中的模樣，讓我曉得自己絕不會錯認，因為這房子真的就是原原本本的模樣，騙不了人的。只是我已聞不到煤焦油的氣味，那和進老舊而破損的枕木的炎熱與漸漸烤乾的氣味，後院那一條條的木籬笆和乏人修整的溼熱草坪也消失了。路面電車駛過之後，午後那叫人悵然若失的空寂情懷亦不復存在。以及那對雙胞胎，就穿著他們那套水手服，面容瘦削，還會在屋前奮力踩著三輪腳踏車兜來兜去，並不時尖聲叫囂的雙胞胎。這兒少了回來時總提著一只籃子的辛普森，少了當時午後的那種炎熱感，還有位於博覽會，不在家的大夥兒。

除了以上種種，這兒就跟以前一模一樣。除了以上種種和如今成了一條街道的國王公路，除了以上種種和國王公路，以及那遲未現身的孩子。

天氣很熱。入夜了，空氣中的熱度攀升，始終不降溫，悶得彷彿一張溼津津的毯子吊在聖路易斯的上空。天氣溼熱，而一個人自然知道夜晚並不會變得涼爽舒適，自然知道這熱度會一直持續。當一個人試圖想像暑氣盡消的時節，便會說：「不可能一直這麼熱的。這熱終究會散去。」生活在美國的我們也常把這句話掛在嘴邊。可此人說這話的時候，心裡並非真的這麼想。被溼熱籠罩的人們悶得發昏，一張張臉盡顯蒼白，還被這熱氣逼出油來。這些人張著幾分耐苦的神情，此人則會懷著在酷熱白晝將盡之時，身處美國某個大城市中的那種悽愴悲涼之感——此人的家鄉在遠方，在這塊大陸遙遙的彼端；他會念及這距離、這熱度，然後感慨：「老天！好個泱泱大國！」

這天氣與人的感受，正是一個離家千百里，孤身處在某座大城市裡的人，在這樣的天聽到火車聲、鈴響、汽笛聲，聽到船行河上之聲時產生的感受，正是此人沿街走在一束又一束熾烈的路燈燈光下，或尋找公園時的感受——這公園裡會有被曬白的草、隨地亂扔的髒報紙，而人們就四仰八叉地躺在枯黃的草上——或當此人瞧見設置在美國公園裡，供人在這熱天即將入夜之際舒心歇會兒的那種長凳，從而產生的感受。那長凳是水泥做的，死氣沉沉的路燈就自上方打下苛刻而熾烈的強光，照得人不得不正襟危坐，至於擋在長凳中央的水泥手把障礙物，也在防範人倒頭就躺。

這天氣與人的感受，或許還是一個人身處這樣的城市時，因為走進一塊露天的空間、一座讓人心曠神怡的廣場、市中心，繼而看見又美又新的市政廳或社區活動中心時的感受。這麼個地方會因為探照燈而大放光明，會被又美又新的標準燈柱團團簇擁，而且每條燈柱都纍纍結著五顆死氣沉沉的燈泡，宛如硬邦邦的葡萄。然後，此人就在這麼個地方看見一個被這熱天，被這死氣沉沉的路燈從高處打下苛刻而熾烈的白光，烤曬到癱軟無力的人們：或是上身只著襯衫，陰著臉窩在角落偷閒的男人，或是坐在門廊上，沒穿絲襪的女人。

然後，此人會聽到火車聲、汽笛聲、船行河上之聲，會念及這距離、這熱度，但不會感到半點愉悅或一絲絲的希望，不像人想到「大西部」，想到那用爍爍金山築起的高牆時心中的感受，而像人沉浸、迷失、耽溺在永無止境的荒涼之海海底時，像人潛進夢寐時心中的感受。

此人會知道這一切都永無止境，而自己已沉浸其中，無從逃脫。他會知道自己已迷失、耽溺在這泱泱美國，這對他而言，何其宏大的美國，也知道自己無以為家。他知道自己抓不住、握不緊、融入不了這泱泱美國，也無法將之搓揉成一只盛焰般的單詞，不像過往，他猶志得意滿、年少輕狂，與寂寞與黯夜共處時，堅信自己辦得到那樣。他知道自己現在不過是這空茫之中，在無可計數的時間之中失根躁動的無名原子、一顆暫駐而滿身是灰的棋子，他知道自己年少時一度擁有的夢想、氣力、慷慨與信念，皆已奄奄垂絕。

接著，他便只感覺到悵然若失的空寂。空寂，以及泱泱美國的淒涼、高而酷熱的天空那份寂然與悲楚，還有白晝將盡之時，越過中西部，翻過熱氣騰騰的炎炎土地、一座座占地狹小的孤城、農田、牧場，穿過熱得有如大烤箱的俄亥俄、堪薩斯、愛荷華、印第安納，最後終於降臨的傍晚時分。以及聲音，漫不經心地懸浮在熱氣中的聲音，迴盪在小型車站裡，微弱、漫不經心的聲音，然後，不知怎的，又慢慢消融在熱氣之中、空間之中，消融在浩蕩且悲楚，高高在上而廣博的天空之中，與其龐巨的空茫和倦怠合為一體的聲音。

接著，他又會聽見火車頭和車輪的聲音、長鳴的汽笛聲和鈴響，聽見有人在熱得要命的車場裡換檔的聲音。接著，他會走在街上，走在被一束又一束苛刻強光照射的街上，走過一個又一個陰著臉的路人，然後沉浸在淒涼與毫無信念的心緒之中。「我為什麼會在這兒？我現在該怎麼做？我應何去何從？」

他會有種重返舊地的心情，接著便明白自己真不該回來，而當他察覺到這點，國王公路就終歸只是一條街，聖路易斯——多麼叫人心蕩神馳的地名——也不過是傍著那條河的一個炎熱大鎮，非常普通，又悶熱得可怕，卻算不上真正的南方，還沒其他足以光之耀之的優點。

以前可不是這樣的。我仍記得天是怎麼變熱，記得變熱的天是多麼美好，記得自己會怎麼躺在晾在後院風乾的床墊上，那床墊又會怎麼變燙變乾，聞起來就像吸飽陽光的熱床墊。我仍記得自己總讓太陽曬得昏昏欲睡，有時還會跑到地下室涼快涼快，也記得地下室那到哪兒都一樣的氣味：一種冷冷的霉味，就像蜘蛛網或髒瓶子的味兒。我也仍記得一打開地下室的門，然後步下樓梯，那氣味便會撲鼻而來——冷冷的，帶著霉味那種腐敗、潮溼、晦暗的味兒——仍記得自己每每想到這晦暗的地下室，內心便會溢滿一股叫人頓失知覺的興奮，一股發自肺腑的渴盼。

我還記得那些下午是怎麼變熱，自己又怎麼在那些下午，在大夥兒都已外出的午後，感覺到悵然若失的空寂、幽幽淡淡的悲楚。那些午後，整棟房子感覺孤零零的，而我有時就坐在這孤零零的房子裡，就坐在大廳的第二階樓梯上，聆聽午後那靜謐與一片空寂的聲音。我能聞到依附在地板和樓梯上的油味，能看到塗了褐色亮光漆的拉門和裝在門頂的珠廉。我會將手猛地伸向那一條條用圓珠串起的廉鏈，再用雙臂攬起那些鏈條，讓那些鏈條相互碰撞，在我周圍發出珠子那輕快的沙沙聲。我能在這棟房子裡感覺到晦暗、悵然若失的空寂、上過亮光漆的深沉色澤、被暈染的光線——就從樓梯間的彩色玻璃窗，從門邊那幾片小小的彩色玻璃，感受著炎熱的下午二、三點時，這棟房子裡被暈染的光線和悵然若失的空寂、靜謐、地板的油味，以及幽幽淡淡的悲楚。於是，這些物事便開始具有某種生命：它們似乎都聚精會神地等著，以一種最是活躍又最為靜止的狀態而存在著。

而我就坐在那兒聆聽。我能聽見鄰家小女孩午後的練琴聲，能聽見仍在半個街區外的路面電車自一些人家後院的木籬笆夾道間駛來，能聞到後院的木籬笆那乾燥又溼熱的味道、傍著電車車軌而生的草在午後散發出的原始而悶熱的氣息，還有煤焦油的氣味、和進枕木縫隙那被漸漸烤乾的味道、火車車輪的輪緣陳舊而明亮的氣味，並體會著午後後院的孤獨，體會著悵然若失的空寂之感。一片空寂，因為路面電車已經駛過了。

接下來，我便會渴望傍晚與大夥兒的歸來，渴望斜陽的光照、沿街走來的腳步，渴望那對穿著水手服，面容瘦削，騎著三輪腳踏車的雙胞胎，以及晚餐的香氣、再度出現在這棟房子裡的交談聲、從博覽會那頭歸來的葛洛佛。

……於是，我又一次，又一次拐進這條街，見到那兩個轉角交會之處後，也終於回首一望，看看時間是否安在。我走過這棟房子；屋裡亮著幾盞燈，大門是敞著的，還有個女人坐在門廊上。我隨即掉頭回到這棟房子前，然後再度停下腳步。架在街角的路燈為這棟房子打上白茫茫的光。我先是站在原地觀望一會兒，接著便一腳踏上門前的石階。

然後，我對著這位坐在門廊上的女人說：「這房子……不好意思……能否冒昧請教一下，這房子現在住的是哪戶人家？」

我知道這話聽起來既奇怪又空泛，而且完全不是我想說的話。她盯著我瞧，覺得困惑。

過了半晌，她說：「我就住在這兒。您找人嗎？」她說。

我說：「是的，我找——」

我忽然無語，因為自知無法向她說明我究竟在找什麼。我能感知到她投來的視線，而我的話就這麼被狠狠打散了，變得愚蠢笨拙。我不曉得要說什麼。

「這兒以前有棟房子……」我說。

現在，女人則目不轉睛地看著我。我說：「我想我以前就住在這兒。」而她靜默不語。

一陣子之後，我又告訴她：「我以前住這兒，就這棟房子。」我繼續說：「我還小的時候。」

她原本一語不發地盯著我瞧，然後才說：「哦。你確定就是這棟房子沒錯？你還記得地址嗎？」

「地址我忘了……」我說。「但我確定是埃吉蒙特街，就在埃吉蒙特街的街角。我確定就是這棟房子。」

「這條不是埃吉蒙特街。」女人說。「這條是貝茲街。」

「唔，那就是這條街改名了。」我說。「但就是這棟房子。這房子跟以前一模一樣。」

她沉默片刻，接著點了點頭。「是的，這條街確實改過名字。我印象中這條街以前確實不是這個街名。記得我還小的時候，這裡並不叫貝茲街。」她說。「不過那已經是很久之前的事了。你是什麼時候住在這兒的？」

「一九〇四年。」

她再度沉默不語，只是張著一雙眼看著我。不一會兒，她又開口說：「哦……是辦博覽會那一年嘛。你當時住在這兒？」

「是。」我說話的速度變快了，話中也多了幾分自信。「我母親租下這棟房子，我們就在這兒住了七個月……這以前是帕克醫生的房子。」我接著說。「我們就是跟他租的——」

「沒錯。」女人說，並點點頭。「這以前是帕克醫生的房子。我不認識他。我在這兒才生活幾年而已，不過這房子以前確實是屬於帕克醫生的……他已經過世了，走了很多年了。但這房子以前確實是帕克家的沒錯。」女人說。

「這房子的側邊有個入口——」我說。「就樓梯往上走的地方。那道門是帕克醫生的病人專用的。他的診間就在裡頭。他的病人都從那兒進出。」

「哦。」女人說。「這我倒第一次聽說。我還常納悶那扇門究竟是怎麼回事呢，原來是有這麼個用途。」

「前面這個大房間——」我繼續說。「就是醫生看診的地方，裡頭還裝了幾道拉門。隔壁有個類似凹室的空間，是讓那些病患——」

「有，那凹室還在，只不過那個地方已經打通成一個房間了——我先前都不知道那個凹室是幹什麼用的。」

「這一側也有幾道拉門，都直通大廳——這邊有一段階梯可以上樓。那階梯的中段，就是樓梯間，有片鑲了彩色玻璃的小窗戶——打開這幾扇大廳的拉門，就會看到一條條用圓珠串起，有點像簾子的東西。」

她點點頭，還微微笑了。「是的，正如你所說——屋裡那幾道拉門和樓梯間的彩色玻璃窗都還在。但那片珠簾已經拆掉了。」她說。「不過那東西我有印象，之前別人住的時候還有。我知道你指的是什麼。」

「我們住在這裡的時候——」我說。「會把醫生的診間當起居室來用——不過後來——最後一兩個月那段期間吧——那地方就被我們當作——臥室。」

「那兒現在就是一間臥室。」她說。「這房子如今由我管理——我是房東——樓上的房間都租出去了，倒是我兩個兄弟會睡這間起居室。」

我和她沉默了一會兒，然後我說：「我哥以前也睡在那兒。」

「起居室嗎？」女人說。

我答道：「是的。」

她猶豫了一下，然後開口說：「不進來看看嗎？這房子應該沒什麼變。你想瞧瞧嗎？」

我謝謝她，也告訴她我想進屋看看，便步上了門前的石階。接著，她打開紗門，我走進了這棟屋子。

屋裡的一切依舊——樓梯、走廊、那些拉門，還有鑲在樓梯間的那扇彩色玻璃窗。一切依舊，除卻那空寂，午後那悵然若失的一片空寂，午後那片空寂被暈染的光線，以及曾經坐在那兒，就坐在樓梯上等待的那個孩子。有什麼東西已如夢境消退而去，又像光一樣射來了。那東西走過、經過，然後漸漸消退，宛若一片密林的影子。

一切依舊，唯獨曾坐在那兒感知一些物事的方位的我——我現在終於明白了。我曾坐在那兒感知一條廣闊而溼熱的河處於何方——我終於明白了！我曾坐在那兒苦思國王公路究竟是何種存在，納悶整段公路自哪裡起始、至哪邊結束——我終於明白了！昔日我坐在那兒的時候，「進城」這具有魔力的詞語始終在腦海中揮之不去——我終於明白了！——還有路面電車，就在電車駛離之後——還有其他來了又走、走了又來的種種，就像掠過林間的雲影，永遠無從捕捉的種種——關於另一棟房子的記憶、陽光、四月、季節的更迭，以及——雲影掠過之後——一列火車、一條河、早晨，以及家鄉的山丘。

因為一切總會再度出現，而我也會坐在那兒，就坐在樓梯上，在一片悵然若失的空寂中，在午後一片悵然若失的空寂裡試圖尋回那一切。那過往的一切會來了又走、走了又來，直到我重新尋回那段過去，尋回了，就是我的了，我就能憶起當時所見過的、到過的——當時的那些都被所有的時間之光照耀著，還有千百個生命傳來撲朔迷離的回聲。當時的那些即是我那段簡短過去的總和，即是我那簡短到令人難以度量，時日久遠，又無邊無際到讓人疲於追憶，我那四年的世界。

一切總會再度出現，一如他那雙黑眼睛、他那張沉靜的臉。接下來，我便能瞧見自己那張小小的臉映在大廳這面黑漆漆的鏡子上，以及我的黑眼睛、我沉靜的身影，那完完整整的我，並曉得當時不過是個孩子的我，竟已通曉大人方能領略的至理，那就是：「這兒——一個孩子，我的骨幹、我的核——房子在這兒，房子、在這兒、在聽——空寂在這兒，午後那一片空寂，在這兒——哦，絕對的宇宙，我識得你：——而我就在這兒！」

接著，一切又會再度消失，就像山間的雲影漸漸退去，就像夢境中一張張已逝的臉龐慢慢離開，又像遙遠卻叫人心蕩神馳的博覽會那巨大又令人睏倦欲睡的聲音翩然來到，然後來了又走、走了又來，找著了，復又丟失了，擁有了，緊握了，卻永遠捕捉不了，一如許久之前便已消逝在山間的聲音，一如那雙黑眼睛、那張沉靜的臉，一如那黝黑而已逝的孩子，我那影子一般的哥哥。或如這房子裡悵然若失的空寂，會來會走，走了還會再回來。

女人領著我重新走進這棟房子，帶我穿過了大廳。我提到食物儲藏室，也告訴她食物儲藏室的位置，還指給她看，但那個地方再也不是食物儲藏室了。我向她提及後院，還有圍著後院打下的老舊木籬笆，但那些老舊的木籬笆也不見了。我提到馬車棚，說馬車棚上的是紅漆，可原本的馬車棚已經成了小小的車庫。不過後院還在，就是比我印象中小了一點，還多了棵樹。

「我不曉得這邊還種了棵樹。」我說。「我記得這邊沒樹。」

「說不定這樹當時還沒長好。」她說。「都過了三十年，樹是該長出來了。」然後我們走回屋內，並在拉門前停下腳步。

「我能瞧瞧這間房嗎？」我說。

她滑開拉門。拉門笨重但流暢地滾動開來，就跟以前一樣。於是，我又見到了這間房。這房間沒變。房間的側邊有扇窗戶，正對屋前的方向則有兩扇拱窗；我看著這房裡的凹室、拉門、貼著色彩斑駁的綠瓷磚壁爐、深胡桃木色的壁爐架、壁爐架的柱子，還有矮衣櫃和一張床。那組矮衣櫃和床在好久好久以前就是這麼擺的。

「就是這間房？」女人說。「有什麼不同嗎？」

我告訴她，這間房就跟以前一模一樣。

「我兄弟現在睡的這個房間，就是你哥當年睡的那間？」

「這就是他的房間。」我說。

一時之間，我們倆都不說話。我轉身準備離開，並說：

「唔，謝謝妳。感謝妳願意帶我進來看看。」

她說她很樂意帶我參觀參觀，也表示這麼做只是舉手之勞。她還告訴我：「你之後跟家人碰面，就可以跟他們說你來看過房子了。」她說。「我是貝爾太太。你不妨告訴你母親，說這棟房子現在歸一個叫貝爾太太的人打理。見到你哥的時候，你也可以告訴他你看到他當年睡的房間，而且那房間的樣子一點都沒變。」

於是我告訴她，哥哥已經死了。

女人沉默了。片刻之後，她看著我說：「他就死在這兒，對嗎？就在這個房間裡？」

我答了聲是。

「嗯，果然……」她說。「果然如此。我也不曉得自己怎麼會這麼想，但你說你哥就睡這間房的時候，我就覺得八成是那麼回事。」

我沒回話。頃刻之後，女人問：「那他是死於？」

「傷寒。」

她看上去驚愕不已，而且憂心忡忡。她不由自主地說：「我那兩個兄弟——」

「那都是很久以前的事了。」我說。「妳應該不用擔心。」

「噢，我沒在想那個。」她說。「只是我聽到曾經有個小男孩，也就是你哥……曾經……曾經在我那兩個兄弟現在睡的這間房裡待過……」

「嗯，或許我不該多嘴的。不過他是個很乖的孩子——妳也認識他的話，是絕對不會在意這種事的。」

她不搭腔，我便立刻加上一句：「再說，他只在這兒住過一小段時間。這不算他真正的房間——只是他跟我姊回來的那晚，就已經病得很重了——他們才沒有移動他。」

「哦。」女人說。「懂了。」過了一會兒，她說：「你會跟你母親說你來過這裡嗎？」

「應該不會。」

「我……不曉得她對這個房間是怎麼想的。」

「我也不清楚。她從不提起這個房間的事。」

「哦……他當時幾歲？」

「十二歲。」

「你那個時候年紀一定很小吧？」

「我當時四歲。」

「那……你就是想看看這個房間，對不對？所以你回來了。」

「是的。」

「嗯……」不曉得過了多久，她才再次開口：「如今你也看到了。」

「是的，有勞了。」

「你對他沒什麼印象吧，對不對？我不覺得你會有太深刻的印象。」

「嗯，沒什麼印象。」

……那些歲月就像落葉一片片掉了下來：那臉龐復又浮現——那溫柔而黝黑的鵝蛋臉、那雙黑眼睛、那脖子上溫柔的褐色莓形胎記，以及那烏黑的頭髮一舉往下逼近，朝我而來——一切就如幽魂般來勢洶洶，而且動靜只須一瞬，就像自鬧鬼的密林飛將而來的那些臉。

「好來，說吧——葛洛佛！」

「葛厄伐。」

「不對，不是葛厄伐——葛洛佛……說說看！」

「葛厄伐。」

「哎呀……還是不對……你說了葛厄伐。是葛、洛、佛——來，說說看！」

「葛厄伐。」

「聽好了，我來說說你唸對我名字的話，我會怎麼做……你想不想去國王公路玩？想不想葛洛佛招待你一頓好吃的？好傢伙……如果你說出葛洛佛，唸對了我的名字，我就帶你去國王公路，還請你吃冰淇淋……來吧，要唸對哦——葛洛佛。」

「葛厄伐。」

「哎呀呀，你哦。你真是我見過最不可思議的孩子了。你連葛洛佛都講不好嗎？」

「葛厄伐。」

「哎呀呀，瞧你……大舌頭，你大舌頭欸。總有一天，我絕對要……算了，來，走吧。橫豎我都會請你吃冰淇淋的……」

那些畫面全都回來了，然後逐漸消退，然後再次消逝。我轉身準備離去，便謝過女人，也道了聲再會。

「那就再見了。」女人說。我們握了握手。「很高興能帶你進屋看看。我也很高興——」她後面這句話並沒有說全。最後，她告訴我：「欸，都過了這麼久，想必你會發現這個地方已經人事全非了。這一區現在簡直是樓滿為患——就是那一頭，當年的博覽會展場也是呢。想必你會發現這裡全都變了樣了。」

我們倆言已盡，於是靜靜站在屋前的石階上，一會兒後又跟對方握起手來。

「那就再見了。」

於是，我又一次，又一次拐進這條街，也找到那兩個街角交會之處，並再度回首一望，看向那個時間已然出走的地方。一切依舊在，然後一切都消失了，永不會回來了。這兒的一切還是老樣子，彷彿打從那個時候就沒變過，只是這一切已被找回來了，也被抓住了，被永永遠遠捕捉到了。於是，察覺到這一切的我，知道所有的物事都已逝而不再。

於是，我知道自己再也不會回到這個地方，那已逝的魔法也不會再出現——而那來了、經過了，然後走了又再回來的光，那關於山間種種已逝之聲的記憶，那掠過山間的雲影，那屬於我們至親至愛之人許久之前的聲音，那條街，那熱度，國王公路，那〈吹笛人的兒子湯姆〉，遙遠的博覽會那巨大而令人睏倦欲睡的呢喃——哦，神奇的時間，多麼怪異、多麼苦澀——再次浮上我心頭。

但我明白這些已是回不來了——午後那一片空寂的淒叫，那棟守候中的房子，那個會作夢的孩子。那雙黑眼睛、那張沉靜的臉穿過了人亂麻一般的記憶，又從那片被施了魔法的密林中出走——那可憐的孩子，才初識人生，即遭人生放逐，明明跟我們一樣同為道道隱蔽迷宮裡的一只棋子，卻在許久之前消逝無蹤——那已逝的孩子，我的哥哥兼我的父、我的友，已永永遠遠離開，永不會歸來。

賞析

記得在乎，他才能一直存在

讀字書店店長、作家　郭正偉

生存令人情薄，活至近中年自己漸漸體認出這個情況。比如說，已經記不得過往情人名字的正確用字，樣子模糊；為前程遠行他鄉前的送別宴還緊抱好友繾綣難離，如今只剩臉書偶爾按讚。那時外婆過世沒多久，我也退伍開始上班，以為將一輩子時刻掛念的依戀，轉眼變成薄薄的、落在字裡行間的簡單喟嘆。不經意間，生活彷彿變成不斷揀拾繼而丟棄的過程，一旦我們總算消極接受「總會失去」的運轉常態，好像也就沒那麼在乎，不敢在乎了？

失去的感受，在《落失男孩》裡被沃爾夫寫成四種模樣。因傷寒失去十二歲的孩子——明明是與我無關的男孩——一個美國南方的普通家庭的故事，卻莫名拉扯出讀者那股「我也即將開始想念起他了」的淺薄哀愁。四種不同視角，類似光影交錯的拼湊，深淺剛好地描繪男孩的出現與逝去。

第三人稱視角，帶點童稚的天真驕傲，寫出十二歲男孩簡單日常的快樂悲傷、驕傲挫敗。他的不知天高地厚源自被人深深愛著；我心疼他被欺負了，又為那個破涕展笑的容顏放心……作者剪裁出男孩的一段日常，讓他復活，讓我們有機會愛他。然後是男孩的媽媽，試著以「可惜你沒見過我最棒的孩子」緊緊記牢早夭的孩子。一九〇〇年的美國還有黑奴紛爭，身在「人皆平等」的時代，我並不因男孩在火車上以白人階級怒斥黑人感到不舒服，卻反而幻想起，假若他活著，世界是不是就有機會教他以開放、不同的眼光反思「理所當然」？閱讀至此，才發現，不知何時已經在意起這個虛構男孩；儘管男孩並不虛幻，故事其實貼近沃爾夫的真實人生。

姊姊記得的，是那場被男孩帶領、孩子氣的冒險——第一次獨身走進餐廳隨自己喜好點餐的勇氣——已經是大人的她應該遺忘，卻仍舊深刻記著恐懼、緊張、興奮與對男孩的愛。故事的最後一部，男孩的弟弟以寫作者的身分重遊生活舊地，試圖找尋鬼魂存在的陰影。什麼都沒有，但男孩卻已然存在於我的心中，我們的心中。從**確實存在**、**遺憾懷念**、**建構生活足跡**到**思考生命哲學**，沃爾夫讓「有個男孩不見了」悄然轉化成「我認識的那個男孩不見了」。

所有人的對話、動作都帶點恍惚與暈眩，細數不可反覆確認的記憶，將即將遺忘又無限眷戀的感覺拉得好細好細幾近斷裂，讓人無能為力卻緊緊握拳，擔心一旦連自己都遺忘了，男孩就真的不曾存在過了。

故事裡的人們好不一樣，生活的行走不曾磨滅心裡牽掛過後來卻遺失的物事，《落失男孩》裡的男孩不見了，卻一直好好地活著；故事尾端輕輕緩緩：「這兒的一切還是老樣子，彷彿打從那個時候就沒變過，只是這一切已被找回來了，也被抓住了，被永永遠遠捕捉到了。於是，察覺到這一切的我，知道所有的物事都已逝而不再。」曾經在眼前的一旦不見了，是可以永恆地因為誰的想念持續存在。我也才懂得，生活不盡令人寡情，只要自己還有一點在乎。

賞析｜記得在乎，他才能一直存在

附錄｜**沃爾夫年表**

整理：劉維人

1900年5月3日	生於美國北卡羅萊納州艾許維爾市
1919年	在大學修劇本課，戲劇作品於大學劇場上演。
1920年	進入哈佛大學戲劇研究所，指導教授為喬治・皮爾斯・貝克（George Pierce Baker）。
1922年	獲碩士學位。
1925年	遇見年長十八歲的情人，愛蓮・伯恩斯坦（Aline Bernstein）。後者成為早年資助沃爾夫的金主。
1926年	開始寫自傳體小說《噢，失落》（O, Lost），初稿33萬字（1100頁），投稿到Scribner's出版社，遇見著名編輯柏金斯。
1929年	柏金斯修改後的《噢，失落》出版，書名《天使望鄉》（*Look Homeward, Angel*）。登上英國與德國的暢銷排行榜。
約1930年	第二本小說《十月博覽會》（*The October Fair*）原稿完成，長度幾乎與《追憶似水年華》相當。柏金斯花了兩年的時間與沃爾夫討論修改，成為《時間與河流》（*Of the Time and the River*）。

1935年	《時間與河流》出版。銷量超過《天使望鄉》。 《從死亡到清晨》（*From Death To Morning*）出版。
1936年	演講集《小説的故事》（*The Story of a Novel*）出版。
1937年	關於美國內戰的短篇小説集《Chickamauga》出版。 中篇小説《落失男孩》（*The Lost Boy*）出版。
1938年9月15日	感染肺結核，於西雅圖去世。留下兩部長篇小説遺稿。
1939年	遺稿《網與石》（*The Web and the Rock*）出版。
1940年	遺稿《你不能再回家》（*You Can't Go Home Again*）出版。

國家圖書館出版品預行編目（CIP）資料｜落失男孩／湯瑪斯・沃爾夫（Thomas Wolfe）著；陳婉容譯. -- 初版. -- 桃園市：逗點文創結社, 2017.07｜192面；10.5×14.5公分. --（言寺；48）｜譯自：The lost boy｜ISBN 978-986-94399-3-0（平裝）｜874.57｜106009972

言寺 48

落失男孩

THE LOST BOY

作　　者　湯瑪斯・沃爾夫 Thomas Wolfe
譯　　者　陳婉容
編　　輯　陳夏民
校　　對　李承芳
書籍設計　陳恩安 globest_2001@hotmail.com

出　　版　逗點文創結社
地　　址　330桃園市中央街11巷4-1號
網　　站　www.commabooks.com.tw
電　　話　03-3359366
傳　　真　03-3359303

總 經 銷　知己圖書股份有限公司
台北公司　台北市106大安區辛亥路一段30號9樓
電　　話　02-23672044
傳　　真　02-23635741
台中公司　台中市407工業區30路1號
電　　話　04-23595819
傳　　真　04-23595493

印　　刷　通南彩色印刷有限公司
I S B N　978-986-94399-3-0
定　　價　280元

初版一刷 2017年7月